本書は、二〇一三年に刊行し、二度の改訂版を経て「新装改訂版」として発行されました。川柳に興味を持ち、作句に挑戦してみようという方へ向けて、句を詠むうえでの基本的な事項を踏まえて紹介しています。本文中には、たくさんのお手本となる句も掲載し、川柳をつくると同時に鑑賞する醍醐味も味わうことができます。

現代川柳を通して、自分を表現する創作の楽しさを感じていただけたら嬉しく思います。

杉山昌善

この本の使い方

この本では、川柳の知識とうまく詠むための方法を50紹介しています。川柳の概要、成り立ちから実際に詠むための技術、作家の詠んだレベルの高い作品の鑑賞法までをこの一冊で学ぶことができます。まだ川柳を詠んだことがないという方でも、実力をつけていけるでしょう。

もうすでに川柳を楽しんでいる方は、基本に立ち返り改めて詠み方や表現を学ぶことで作句の幅を広げることができるでしょう。最初から読み進めることが理想ですが、知りたい内容だけをピックアップしていただいても結構です。

また、作品を評価する方法や句会についての知識など、仲間との楽しみ方も紹介しています。川柳は仲間がいればさらに楽しい趣味になりますので是非とも参考にしてください。

タイトル
この本で学ぶ知識や技術、表現方法が一目でわかるようになっています。

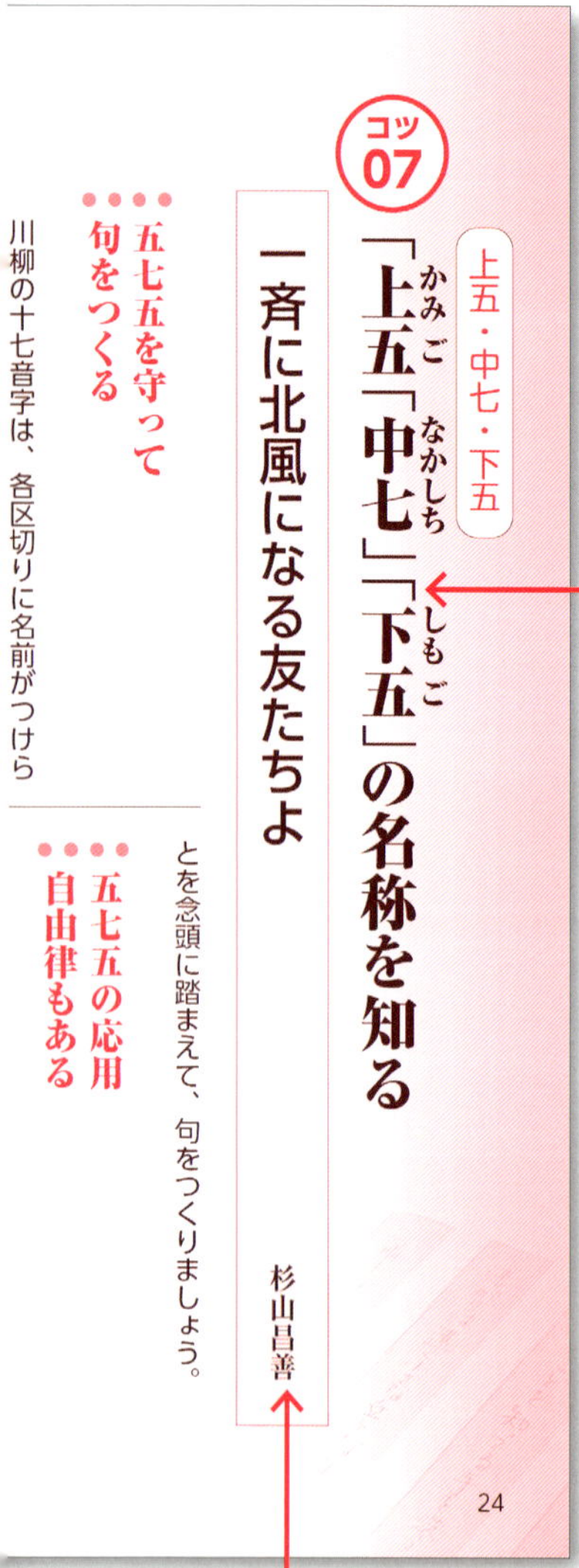

コツ07
上五・中七・下五
「上五《かみご》」「中七《なかしち》」「下五《しもご》」の名称を知る
一斉に北風になる友たちよ
杉山昌善
とを念頭に踏まえて、句をつくりましょう。
24
五七五を守って句をつくる
川柳の十七音字は、各区切りに名前がつけら
五七五の応用 自由律もある

参考句
よりわかりやすくするために、参考となる句を紹介しています。作品に触れてみましょう。

※本書掲載で柳号のない句は、すべて杉山昌善の作品です。

豆知識
川柳のマメ知識などを紹介しています。

アドバイス
より詳しい知識や例句を提示しています。作句するうえでの参考にしてください。

解説文
身につけるべき川柳の知識を、文章で詳しく解説しています。じっくり読んで理解を深めましょう。

PART 2 川柳上達のテクニック

川柳は五七五の十七音字を定型としている。言葉の切れ目が五七五で区切られている基本的な形を「正格」といい、三七七など正格とは異なる切れ目の形を「変格」という。

の五音字を「下五（しもご）」と呼びます。

表題の句は上五が「一斉に」という五音字、中七が「北風になる」という七音字、下五が「友たちよ」の五音字となっています。この句のように、初心者はまず十七音字の五七五を守るこ

次の句はその例です。

ちちんどんどん　ふと気がつくと攻める側

この句の場合は、「ちちんどんどん」で上五が七音字、中七は「ふと気がつくと」で七音字、下五は「攻める側」で五音字になります。七七五の十九音字の構成の句です。このほかにも六七五や八七六など応用の形もあります。

リズムが良くなる中七を大切にする

川柳は韻文です。リズムを大切にする文芸ですので、定型律でも自由律でもテンポよくおさまることが大切です。自由律の句で流れがまとまるポイントは、七音字の中七を守ることです。

十七音字よりも音字数が多かったり少なかったりする句は、自由律といいます。

現代川柳は柔軟な発想を形にするので、場合によっては十七音字におさまらない自由律で句を詠むこともあるのです。

中七は、大切な節になります。この中七が八音字になったり六音字になったりすると、句全体がまとまりのないものになってしまいます。

五七五のリズムは、和歌や唱歌、歌舞伎のセリフなどに見られる七五調と同じになり、日本人にとってなじみの深いテンポです。声に出してみると、節の流れに心地良さを感じることがわかります。上五や下五が定型でなくても、例句のように中七が七音字になっていると、姿のスッキリした作品に仕上がります。

言葉とリズムの区切り

川柳は十七音字の五七五で構成されていますが、言葉の区切りが五七五とならない場合もあります。

友の数減らし大人になってゆく

この句は、八九のリズムになっています。

25

もくじ

※本書は2020年発行の『楽しく上達できる　川柳入門　表現のコツ50　新版』を元に、書名・装丁の変更、必要な情報の確認、一部内容の変更を行い「改訂版」として新たに発行したものです。

生きんとや痛いところに花を置く

杉山昌善

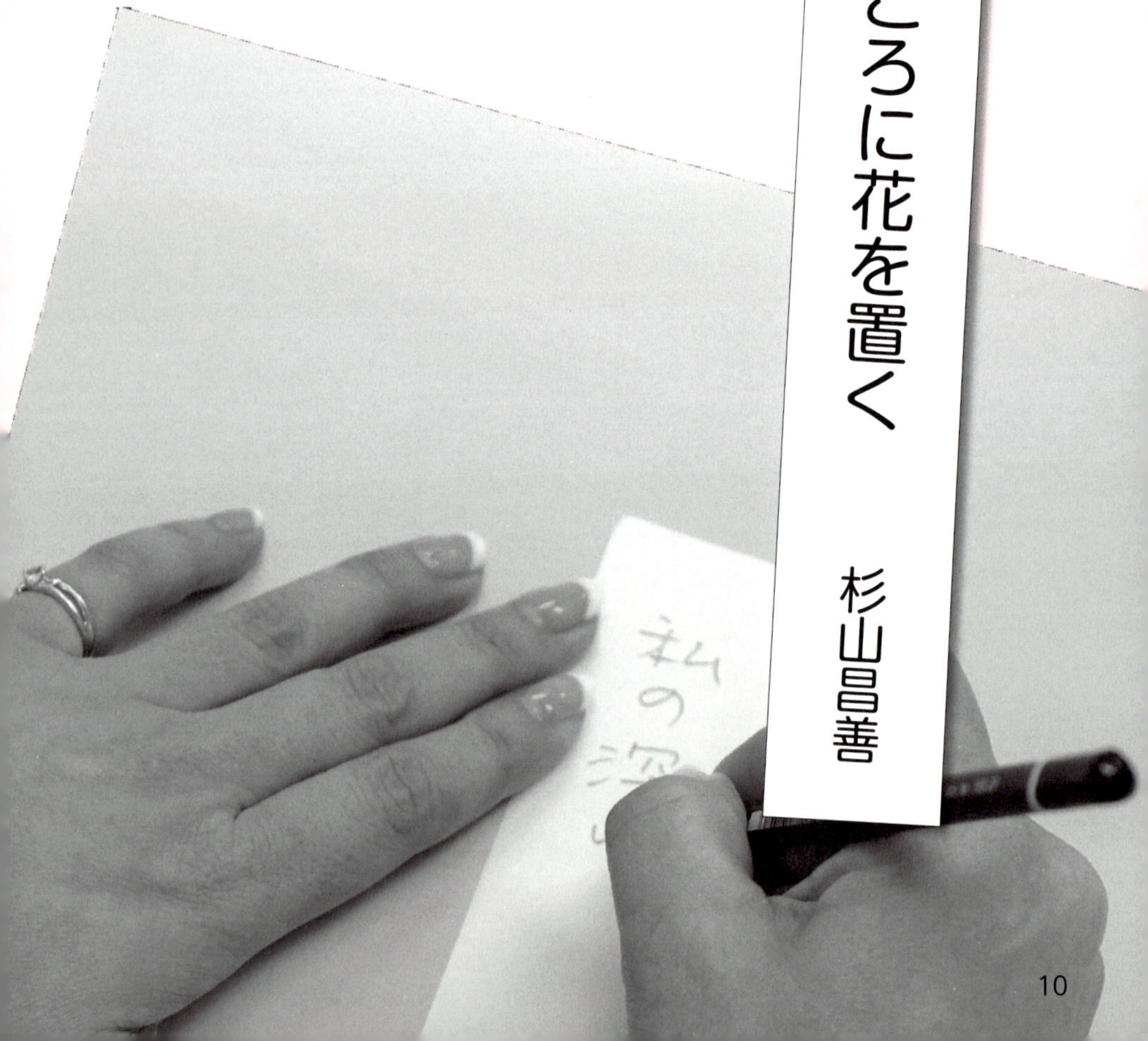

PART1

川柳の世界に触れてみよう

川柳は五七五で自分の世界をつくる文芸です。そのルーツや成り立ち、ジャンル、特徴などのアウトラインを紹介していきます。まずは川柳の魅力と面白さに触れていきましょう。

コツ01

川柳のルーツを知る

川柳のルーツは教養と機知の連歌《れんが》

川柳は五音字＋七音字＋五音字の言葉で構成される短文の詩で、そのルーツは、平安時代に行われていた連歌にあります。連歌は、長句といわれる五七五と、短句の七七を複数の人が交互に詠みあげていく文芸です。

一番最初は発句《ほっく》といわれる季語や切字（「や」「かな」「けり」などの語）が入った五七五で始まります。この句を詠むのは主賓です。その後次の人へ交代し、前の句の内容を受けた次の句へと受け継がれながら機知と教養を連ね、挙句《あげく》の七七で終わります。

五七五が独立し川柳が誕生

室町時代の俳諧連歌から、五七五と七七の二つの句だけで一つの作品として楽しむ「前句《まえく》付《づけ》」という文芸が興ります。前句付は前句といわれる七七の題（テーマ）に対し、五七五の付け句で返すもので、江戸時代に盛んになります。

例えば前句で「切りたくもあり切りたくもなし」というテーマがあると、「盗人をとらえて見れば我が子なり」という五七五の付け句で返します。やがて、五七五だけで内容が完結され、

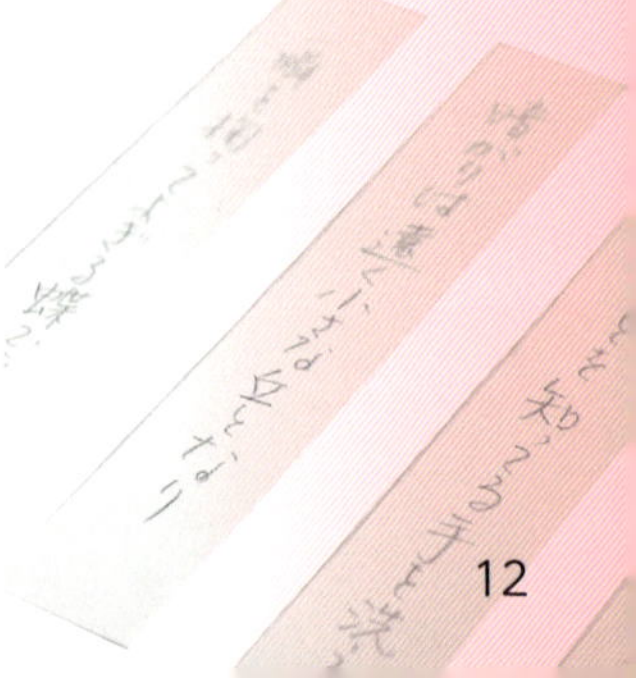

面白味や機知とユーモアのきいた付け句が出現します。

川柳が生まれるきっかけとなったのは、1765年にこのような付け句だけを集めて発行された『誹風柳多留《はいふうやなぎだる》』という秀句集です。「本降りになって出ていく雨宿り」「寝ていても団扇のうごく親心」など、選び抜かれた作品の面白さが話題となり、人々の間で人気となりました。

この秀句集の選者（点者）が柄井川柳《からいせんりゅう》でした。その後、選者の名にちなみ「川柳」という名称がつけられたのです。人名からその名が定着した川柳は、江戸時代の町人文化の発展とともに、江戸人の楽しみとして広がりました。

付け合いの文芸

室町時代の連歌集「水無瀬三吟百韻《みなせさんぎんひゃくいん》」より、宗祇と肖柏、宗長の三人が詠んだ連歌を紹介しましょう。

雪ながら山もと霞む夕べかな　宗祇《そうぎ》
（山の残雪やたなびく霞があわれな夕暮れです）

行く水遠く梅匂う里　肖柏《しょうはく》
（山から流れる川の水も遠くに見え、梅の香だけが当時の面影を留めてます）

川風《かわかぜ》にひとむら柳春見えて　宗長《そうちょう》
（川から風が吹くと、一本の柳の木も新芽が揺れて春の訪れを感じます）

※この後も宗祇から始まった句は、肖柏、宗長へと順番に詠まれていきます。このように連歌は、前者の内容を受け、自分の発想に転じた句を次の人へとつなげていきます。

コツ02

川柳と俳句

俳句との違いを知る

同じ十七音字で構成された句として、俳句があります。大まかな分け方ですが、川柳と俳句の違いは、句を詠む際のルールや内容の描かれ方です。俳句は季語や切字を入れることなど決まりがありますが、川柳は比較的自由です。また、俳句は情景描写を表現しますが、川柳は人物の機微を捉えて表すという違いもあります。人物描写となる川柳は、繊細な心理や趣を巧みに表す文芸なので、人生経験豊富な人ほど、深みのある作品が生まれるといわれます。

菜の花や月は東に日は西に

与謝蕪村

江戸時代の俳人、与謝蕪村の有名な句です。雄大で幽玄な菜の花畑が、鮮やかに浮かびます。

雷をまねて腹がけやっとさせ

江戸時代の秀句集「誹風《はいふう》柳《やなぎ》多留《たる》」に収められている川柳です。

腹がけを嫌がり逃げまわる子どもに対し、「ゴロゴロさんにおへそを取られるよ」と追いかける、母と子の微笑ましい姿が伝わります。

自然の景色、情景美を表す俳句と、人間の感情を豊かに描く川柳という違いが表れています。

コツ03 川柳の三大要素を心得る

川柳の中心的要素「穿《うが》ち」「軽《かろ》み」「笑い」

川柳は人間そのものを描く文芸です。その主な要素は、「穿ち」「軽み」「笑い」です。

「穿ち」は、人の内面や人情など細やかな心の動きを巧緻的に描き出すことです。穿つという言葉は、穴を開ける、掘る、突き通すといった意味があります。川柳では人が目を向けないようなところに着眼点をおき、掘り下げるように物事を考察して句に表現していくのです。

「軽み」は軽快さや機転の良さ、洒落た感覚を取り入れていることです。言いたいことをあれこれ詰めるのではなく、あっさりと軽快に詠み、洗練された後味を読む側に印象づけるのです。そうすることで、よりいっそう余韻が広がり、内容が染み込んできます。

「笑い」は、面白さやおかしさ、滑稽な姿、ユーモアを意味します。自然に思わず笑ってしまう陽気な軽妙さを表します。川柳は、句を味わいながら気持ちが軽く、楽しくなる文芸なのです。川柳はこの三要素を基本としていることが特徴になります。

コツ04

現代川柳の面白さを味わう

新しい自分自身に気づく現代川柳の面白さ

川柳は作者を「詠み手」、作品を読む立場を「読み手」といいます。「詠む」と「読む」の使い分けを覚えておきましょう。

川柳は人間自身を描き出しますが、伝統川柳や時事川柳は他者を、現代川柳は自分自身を捉えて描くという違いがあります。自分を客観的に観察し、表現していくので、そこには喜びや哀しみといった喜怒哀楽の感情が思い切り盛り込まれていることが大切になります。

そして、「穿《うが》ち」「軽《かろ》み」「笑い」という重要な要素も併せて入ることにより、川柳の作品として仕上げられていくのです。

「私」の中に存在するおかしい部分、情けない部分を他者が見ても共感を呼ぶ切り口で取り上げる作品づくりは、今まで気がつかなかった自分を知ることができます。川柳を通して新しい自分を発見することで、より人生を楽しむことができるでしょう。

コツ05

伝統川柳・時事川柳・現代川柳

川柳のジャンルを知る

変化していく川柳の形

江戸時代に生まれた川柳はしだいに変化し、その後大きく客観視点の「伝統川柳」「時事川柳」と、主観の視点の「現代川柳」に分かれていきます。

「伝統川柳」は「一般川柳」とも呼ばれ、日常の生活や風俗を客観の眼で捉えます。「穿《うが》ち」「軽《かろ》み」「笑い」の要素を強く持ちます。

前句付の伝統が受け継がれ、題との響き合いも大切にされています。例えば「右往左往」という題が掲げられれば、

花嫁が結婚式で産気づき

という五七五が詠まれます。

「時事川柳」は時代性や文化性、政治的事象や流行などの要素が入り、政治や社会に痛烈な批判を投げかけます。

風刺の精神に富み、読む人の多くが膝をぽんと叩いて共感するのが魅力です。

国境が行ったり来たり海の上

例句のような政治的事柄を皮肉る内容が詠まれます。「サラリーマン川柳」や「OL川柳」、「介護川柳」などのジャンルに分かれて発表されたりしています。

「現代川柳」は捉える対象が自分自身となり、より自由に表現するものです。自分の心の内を描き、喜怒哀楽をドラマティックに表現するので主観の川柳と呼ばれています。

ラブレター焼いて弱さの盾とする

例句は、自らの心根を吐露するような内容が詠まれています。

このように、川柳には「伝統川柳」「時事川柳」「現代川柳」といったジャンルがあります。本書では現代川柳について、作品のつくり方や鑑賞方法を紹介していきます。

川柳のながれ

奈良時代

日本最古の和歌集「万葉集」が出される。

連歌が興る。

（鎌倉時代から室町時代にかけて形作られる）

江戸時代

俳諧が興る。

松尾芭蕉（1644－1694年）により、芸術性の高い俳諧が確立される。

1765年川柳の秀句集「誹風柳多留《はいふうやなぎたる》」の第一編が刊行される。

明治時代

新聞「日本」に川柳が掲載され、人気となる。

昭和時代

サラリーマン川柳など時事川柳が盛んになる。

過去形の恋を見ている雨宿り

杉山昌善

PART2

川柳上達のテクニック

川柳をつくるときの筆記用具は、鉛筆でも万年筆でもパソコンのキーボードでも構いません。表記は字間をあけず一行で、一本の棒のように記します。PART2では、句をつくる際のポイントや決まり事などを紹介します。

コツ06

十七音字で自分の世界をつくる

偉いなあロールキャベツの爪楊枝

杉山昌善

川柳は声に出した音で字数を数えます。文字の数を数えるのとは異なります。例えば「山」は、文字としては一文字と数えますが「やま」という音では二音字というように数えます。川柳は、言葉を十七文字ではなく、五七五の十七音字にまとめていきます。

「偉いなあロールキャベツの爪楊枝」という句は、「偉いなあ」で、五音字、「ロールキャベツの」で七音字、「爪楊枝」で五音字とカウントします。

川柳で使う文字には、数えない音字と数える音字に二つのパターンがあります。

一、数えない音字

小さな文字「ゃ・ゅ・ょ　ぁ・ぃ・ぅ・ぇ・ぉ」は、数えません。具体的には「きゃ」「きゅ」「きょ」などになります。小さな文字と組み合わされた音節（拗音《ようおん》）は、それ自体で一音字と数えます。キャベツは、「キャ」で一音、「ベ」で一音、「ツ」で一音となり、三音字となります。

二、数える特別な音字

小さい「っ」や「ん」、伸ばす音「う」や「ー（長音）」は数えます。バッタは三音字、新幹線（しんかんせん）は六音字、王様（おうさま）は四音字、ハーモニカは五音字となります。

この規則を踏まえ、次の句の音字を数えてみましょう。

春雷やゲームセットの父の役

「しゅ」で一音字となるので「春雷や」で五音字、「ゲーム」は三音字、「セット」も三音字、「ゲームセットの」で七音字、「父の役」の五音字を加えて十七音字になります。

句読点は原則として使いませんが、表現手法として使った場合、音字としては数えません。また、記号のカッコ「　」、〈　〉も数えません。

勝負の日「月光仮面」歌います

この句では、歌のタイトルで強調として表されている「　」は数えません。

コツ07

上五・中七・下五

「上五《かみご》」「中七《なかしち》」「下五《しもご》」の名称を知る

一斉に北風になる友たちよ　杉山昌善

五七五を守って句をつくる

川柳の十七音字は、各区切りに名前がつけられています。最初の五音字は「上五（かみご）」、真ん中の七音字は「中七（なかしち）」、一番下の五音字を「下五（しもご）」と呼びます。

表題の句は上五が「一斉に」という五音字、中七が「北風になる」という七音字、下五が「友たちよ」の五音字となっています。この句のように、初心者はまず十七音字の五七五を守ることを念頭に踏まえて、句をつくりましょう。

五七五の応用自由律もある

川柳の基本構成は、五七五の十七音字です。この形を定型律といいます。これに対して、十七音字よりも音字数が多かったり少なかったりする句は、自由律といいます。

現代川柳は柔軟な発想を形にするので、場合によっては十七音字におさまらない自由律で句を詠むこともあるのです。

川柳は五七五の十七音字を定型としている。言葉の切れ目が五七五で区切られている基本的な形を「正格」といい、三七七など正格とは異なる切れ目の形を「変格」という。

次の句はその例です。

ちちんどんどん　ふと気がつくと攻める側

この句の場合は、「ちちんどんどん」で上五が七音字、中七は「ふと気がつくと」で七音字、下五は「攻める側」で五音字になります。七七五の十九音字の構成の句です。このほかにも六七五や八七六など応用の形もあります。

リズムが良くなる中七を大切にする

川柳は韻文です。リズムを大切にする文芸ですので、定型律でも自由律でもテンポよくおさまることが大切です。自由律の句で流れがまとまるポイントは、七音字の中七を守ることです。

中七は、大切な節になります。この中七が八音字になったり六音字になったりすると、句全体がまとまりのないものになってしまいます。

五七五のリズムは、和歌や唱歌、歌舞伎のセリフなどに見られる七五調と同じになり、日本人にとってなじみの深いテンポです。声に出してみると、節の流れに心地良さを感じることがわかります。上五や下五が定型でなくても、例句のように中七が七音字になっていると、姿のスッキリした作品に仕上がります。

言葉とリズムの区切り

川柳は十七音字の五七五で構成されていますが、言葉の区切りが五七五とならない場合もあります。

友の数減らし大人になってゆく

この句は、八九のリズムになっています。

表記

コツ08

平明にして深く

お互いにお客のままで最後まで　杉山昌善

川柳は口語が基本になり、日常の言葉でつくります。わざと難しい漢字を使って教養をアピールするような作者もいますが、それは読み手に受け入れられにくいです。まずは、自分の心を素直に伝える表記をしていきましょう。

表題の句は、難しい言葉ではなく、わかりやすくてはっきりしている言葉を使って深い内容を表現しています。

特定の専門用語や業界用語、わかりにくい言葉など、一般的になじみのないものを使うのは避けます。固有名詞や造語など自分や自分に近しい人にしかわからない言葉も使わない方が良いでしょう。

差別用語や人を傷つけてしまう言葉は使用してはいけません。人間を面白く詠むということは、敬愛をもって表現することであり、侮蔑することではないのです。

このように川柳は、普通の言葉で表記するのが一般的ですが、その次の段階として、こんな大胆な表記もできます。

アイナンテ　サインコサインタンジェント

例句は、「サインコサインタンジェント」という言葉に合わせて、すべてがカタカナで表記されています。カタカナで読み手を引きつける、カタカナ遊びとなる句です。

すべてひらがなで表記された句は、ひらがなの持つ柔らかさが表現されます。

わたくしはへのへのもへじへいわです

例句は「へのへのもへじ」に合わせて、すべてひらがなになり、句の面白さが感じられます。

小宇宙怒怒怒怒怒怒万華鏡

例句のように、全部漢字になると見た目でインパクトが出ます。「小宇宙」と「万華鏡」をイメージしながら連続した「怒」の文字が想像力を膨らませます。漢字は文字そのものに意味があるので、それを活用すると句の内容に様々な意味を込めることができます

工夫を取り入れながらわかりやすい表現にする

言葉の表記をアレンジすると、情感を膨らませる効果があります。文字が持つ質感によって、作品がより味わい深いものになるのです。使う文字の種類を変えることで、句の表情が変わります。読み手にわかりやすいことを踏まえて、自分なりの工夫をしてみましょう。

コツ09

身のまわりから素材を選ぶ

アルバムの厚さに長女次女がいる

杉山昌善

川柳の題材は、家族、職場の上司、ペット、飲み仲間、遊び仲間、庭の花や虫たちなど、周囲にいくらでもあります。これらの素材を選ぶ着眼点と発想が句をつくるうえでのポイントになります。最初は、自分の身のまわりにあるものから選んでいくとよいでしょう。

表題の句は、身近な写真のアルバムを素材に詠んでいます。家の中にあるものからも創作のアイディアは見つけることができるのです。素材をどのような切り口で表現するかで、作品の面白さは違ってきます。

別れぐせガムの包みのたたみぐせ

この句もガムという日常の中にあるものを素材にしています。何気ないもの一つから、発想力とイマジネーションで句という世界がつくりあげられるのです。

人間の中でも
自分が一番面白い素材

まわりにある題材を詠み尽くすと、人間は自分の内側を眺めるようになります。そして、一番面白くてわけのわからない素材を発見します。つまり、自分自身です。

生まれてから現在までの人生経験の数々、それこそが川柳の栄養なのです。豊かな人生経験があるからこそ、キラリと光る句がつくれます。過去どう生きてきたか、今どう生きているのか、そして自分の未来はどう生きたいのか。これが全部川柳の素材なのです。

自分自身をどう捉えるか

最大の謎はわたしの今の顔

ここで大切なのは、面白い素材である自分をどう捉えるかということです。もう一人の自分をつくってください。このもう一人の自分は、できるだけ辛口で冷静な自分にすると効果的です。その辛口の方の自分の目で、元々の自分を観察するのです。

フィクションも取り入れてみる

また、自分自身におこったできごとや、おこるであろうことなどを少し進展させ想像力を駆使したフィクションでつくりあげることも可能です。実際の出来事でなく架空の出来事であっても、作者の人生経験の奥深さや想像力が生かされ、作品に「私」の真価が表れ、深い味わいが醸し出されます。

コツ10

第一発想を捨てる

本当は朝寝が好きな風見鶏　杉山昌善

川柳をつくるときに大切なことは、自分の考えや思いを描くことです。川柳では、発想そのものが句を詠むのに重要な要素になるのです。

例えば、「風見鶏」という題（テーマ）が出されたとします。自分なりに「風見鶏」という言葉から連想することを思い浮かべてみます。ニワトリだから朝早いというイメージを思い描いたなら、それは第一発想となります。

朝早く起きて元気な風見鶏

第一発想からつくった句は、誰もが思いつくような着想の表現になっています。

次に、第一発想を捨てて句をつくってみます。「早起きが嫌いな風見鶏もいるのではないか」というように、今まで思い描いていた考えを取り去ってみるのです。そうすると、表題の句ができます。

風見鶏が朝寝が好きだったなんて、意外性のある句になります。思いもよらぬ発想に、読み手は面白さを感じます。

また例えば「五月人形」という題の場合は、第一発想で端午の節句や勇ましい姿というものをイメージします。

風薫る五月人形勇ましく

五月人形が飾られ、端午の節句を祝う情景が描かれた第一発想の句です。

この発想から一歩進み、現在大人になった自分と五月人形の視点でつくってみましょう。五月人形が飾られなくなって数十年、自分の五月人形は、今、どうしているのだろうか、という発想に行き着きます。タンスや物置の奥で、今も出番をじっと待っているのではないか。こんな思いが、次の句となります。

息災か我が鍾馗様金太郎

子供時代の端午の節句の思い出が、大好きだった髯面の鍾馗《しょうき》様や熊に跨った金太郎とともに、蘇ってきます。題は同じ「五月人形」ですが、最初の句とは、まったく違い、作者の思いが見える作品になっています。

もし「しゃぼん玉」が題なら「すぐに消えてしまう」というイメージが思い浮かぶでしょう。そこから第一発想を捨てて句をつくります。

しゃぼん玉消えた私の息の丸いまま

しゃぼん玉と一緒に自分の息も丸い形のまま消えてしまうという着想です。

第一発想を捨てて、他の人とは違うオリジナリティのある句をつくってみましょう。

コツ11 言葉を省略してイメージを膨らます

ピンボケの写真忍ばす定期入れ

杉山昌善

川柳は制限された音字数によって句を成立させなければならないので、言葉や文字を省略して字数を整えることがあります。

言葉と言葉をつなぐ助詞の「て・に・を・は・が・も・に・で」は省略しやすい文字です。これらは「つなぎ」の一字といわれ、省いても意味が通じることが多い文字になります。

表題の句は、「写真を忍ばす」となるところを、助詞の「を」を省いて五七五にまとめています。

助詞の「を」「て」「が」「で」が入ると、場合によっては説明的な要素が強くなってしまい、作品としての味わいが薄くなることもあります。

男の儀式父のカメラを渡される

この句でも助詞が省かれています。本来なら「男の儀式で」となるところを「で」が省略され「父のカメラを」と続いていきます。

省略形の単語を使うときの注意

接続的な要素の一字を省略するほかに、言葉自体を短くする省略もあります。「メールアドレス」を「メアド」にするなど一般的に通用する省略形の単語であれば音字数を有効的に使うことができます。一般的ではない省略の単語は伝わりにくいので、使うのを避けるようにしましょう。

省略的な言いまわしでイメージを膨らます

文字を短くする以外に、言いまわしを短くする方法もあります。

悲しさと明日のあった芽の時代

例句では、「悲しさと明日のあった」ときというのは、「人間の私が植物だとすると、芽であった時代すなわち幼いとき」を略して「芽の時代」としています。文字自体を省くのではなく、表現の言いまわしを略して読み手のイメージを膨らませる効果を出しています。

心象と具象

コツ12

心象を具象に重ねる

持て余すスイカの丸さ血の熱さ　杉山昌善

言葉で表現するときには、目には見えない心の動きなどを表す心象と、実際に存在するものを表す具象があります。自分の思いを相手に訴えたいとき、心の中に広がる感情やイメージをわかりやすく伝えなければなりません。そこで、目に見える具体的な事物、花や動物、自然現象などを使うのです。

心象はそのままを句に表しても伝わりにくいので、具象に重ねるとわかりやすくなります。

自分の気持ちを具体的なもので表す

表題の句は、歳を重ねても熱い血は枯れることがなく、その思いを持て余している心境を描いていています。そんな自分の気持ちを丸くてやっかいなスイカに重ね合わせているのです。自分の思いが具体的なスイカとなることで、読み手にも伝わりやすい句になります。

句を読んだ人に理解されるためには、具象を何にするかがポイントです。

代替願望を取り入れる

残日やペアで遊んでいる蜻蛉

具体的なものを用いて心の動きを託すのが具象ですが、例句の「蜻蛉」は、作者自身の姿を表現しているのです。つまり、蜻蛉への代替願望を表している具象です。

このように川柳では、昆虫や植物が作者自身の存在を表現していることもあるのです。作者の姿が違う形になることで、よりイメージが広がり味わい深い句になるのです。

具象を使い説明句を避ける

「哀しい」「寂しい」という自分の思いを単に述べているだけの描写は、単調で説明的な句になってしまいます。そうした表現を避けるためにも具象を使い心理描写をすると、句の表情が豊かになります。

比喩

コツ13

比喩で印象づける

背を向けて親父のような月ひとり

杉山昌善

表現したいものを別のものに置き換えて言い表す比喩もよく使われます。

川柳は制限された音字数の中で思いを描写しなければならないので、伝えたいことを他のものに喩えて印象づける比喩という手法が有効になるのです。

直接的に言い表す比喩表現の直喩

比喩には直喩と暗喩の二種類があります。直喩は「〜のような」「〜みたいに」「〜のごとく」という表し方をします。対象物の共通性に喩える方法になり、該当する言葉の前に「まさに」「ちょうど」「まるで」をつけることもあります。

表題の句は「親父のような」となり、直喩の句になります。「親父」と「月」という二者の共通性を訴えることにより、読み手に二つのものが持つ切なさや作者の感情を印象づけさせています。対象物を具体的に明示しているので、イメージがしやすくなり、共感を呼びやすい句に仕上がっているのです。

直喩はわかりやすい表現になりますが、喩えに使う二者が当たり前のものでは面白味が出ません。「コーヒーのように苦い」という普通の発想では川柳らしさが出ないのです。例句のように、「親父」と「月」というかけ離れた組み合わせを使うことで、意外性が出されて面白い句になるのです。

直喩の場合、対象物の描写に終始してしまい、説明しているだけの句にならないように気をつけましょう。

直接的ではない喩えの暗喩表現

「〜のような」「〜みたいに」などを使わない比喩を暗喩といいます。

約束の紐がさらりと解けている

例句は、「約束」の後に「のような」が省かれていますが、読み手には「約束」という形のないものが「紐」に喩えられることで、ほどけてしまった紐から、かわされなかった約束がイメージされます。

比喩は言い替えをして読み手のイメージを膨らませることのほかに、決めつけの強さを狙って使われることもあります。

伝えたいことを何に喩えるかで、句の魅力が違ってきます。比喩の対象物を何にするか、作者の力量が問われるのです。

コツ14

音や色、香りを感じる言葉

人を恋う黒は真っ直ぐ走る色
杉山昌善

十七音字からイメージを膨らませるためには、色や音、香りを感じさせる表現を盛り込んでみることも重要です。

表題の句は、「黒」という色が持つ主張の強さが、ストレートで力強い恋心を描いています。色彩には、イメージを浮き彫りにさせる効果があります。

聴覚を刺激する言葉を選ぶ

音に関する言葉を使うと、耳からの感性が刺激され、より想像力が豊かな句になります。

除夜探し　天のリズムにたじろがず

「除夜の鐘」のように誰でもが知っている音であれば、イメージはしやすくなります。「天のリズム」と続き、夜に響き渡る重厚な鐘の音を思い出しながら新年を迎える作者の思いが浮かびあがってきます。

嗅覚で思い出を呼び起こす

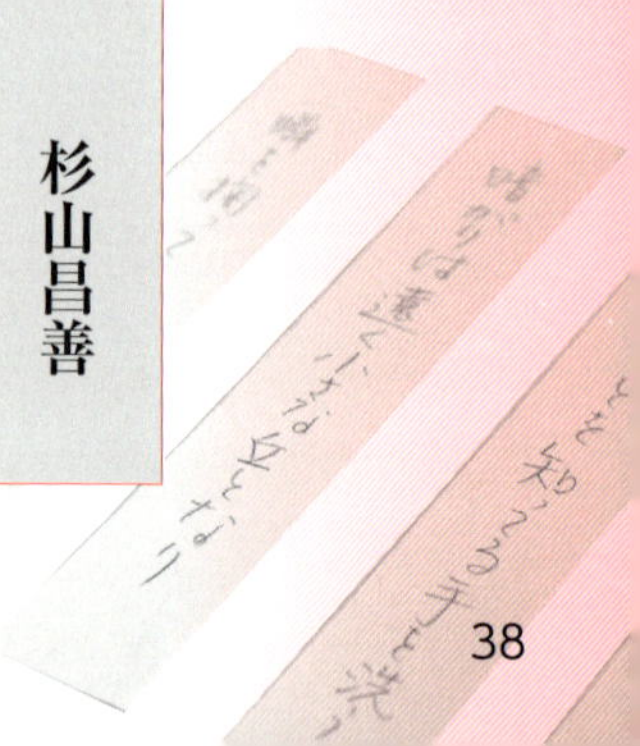

心理学的な色の影響は次の通りとなる。白は忠誠心や若々しさ、赤は強い欲求や積極性、黒は強い主張や重厚感、青は慎重や冷静、緑は安らぎや信頼、黄は解放感や楽観的、茶は落ち着きや現実感。

人間にとって匂いの感覚器官は、五感の中でも原始的な器官となり、記憶を呼び起こしやすい役割があります。

サンマ焼く家それぞれの物語

焼き魚の良い匂いからは、食卓の記憶、家族の思い出がよみがえります。「サンマ焼く」と文字で表しているだけですが、その表現の巧みさから、イメージがわき、いろいろな想像力がかきたてられます。

経験や記憶に関した表現を使う

負けるのは普通になって飯うまし
指先がサラダになってゆくあらら

「飯うまし」という味覚につながる表現や「指先がサラダになって」という何かを触っている感覚を呼び起こす表現も、読者の記憶や経験と重なれば、共感を呼びやすくなります。

五感を使って句を詠んでみる

例句のように、視覚や聴覚、味覚、嗅覚、触覚といった五感を活用させた句は、より味わい深いものになります。自分自身の感覚を磨き、感性を研ぎ澄ませて、共感を呼びやすい句を詠んでいきましょう。

切字

コツ15

切字で句の表情を変える

晩鐘や今日いち日の砂を吐く

杉山昌善

連歌の発句や俳句では、句が完結する形となるために「かな」「もがな」など十八種類ある切字という語を使いますが、川柳でも切字を使うことがあります。川柳は、口語で作句することで、親しみやすさやわかりやすさを表しますが、普段使わない語調の切字をあえて使うことで、句の表情を違うものにできる効果があります。

一文字から三文字に意味が込められた切字

切字は一文字から三文字という短い語ですが、その中にはそれぞれ意味が込められています。制限された音字の中で表現するときに、切字を活用するのも一つの方法です。

切字で主に使われているのは「や」「かな」「けり」です。

切字を使ってイメージを膨らませる

実際に切字を使った川柳を見てみましょう。

表題の句は、詠嘆の切字「や」が上五に入り、

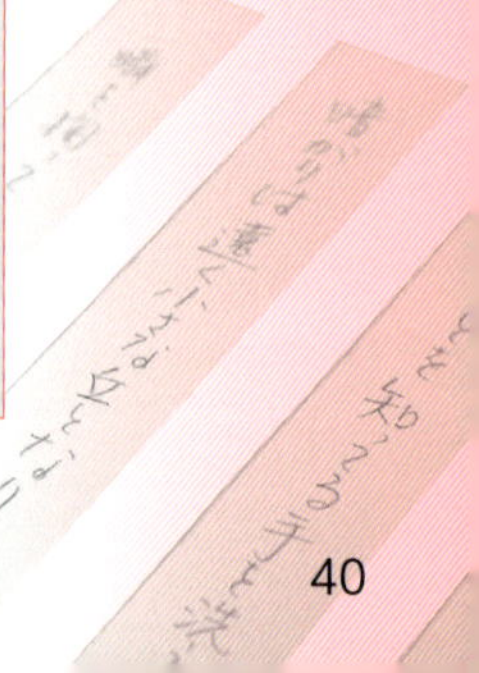

鐘の音が夕暮れの哀愁漂う様を演出しています。「や」は、名詞や動詞・形容詞の終止形の後に付きます。

間を生み出し、イメージが広がりやすい効果のある語です。「〜だなあ」という余韻を持つ語です。

家族かな同じ形の耳ばかり

「かな」は感動や詠嘆を表す切字です。「や」に比べると柔らかい印象があります。例句では、家族の後に入ることにより、同じ耳の形をしているという、微笑ましくもある描写が生かされる表現になっています。

切字は次の18種類がある。や、かな、けり、もがな、ぞ、か、よ、ず、じ、ぬ、つ、らむ（らん）、せ、れ、へ、け、し、に（いかに）

読み終わった後のイメージを広げる

句の最後に入る場合もあります。その場合は、読み終わった後の残像がイメージとして広がる効果があります。

ここからは大人と線を引かれけり

「けり」も詠嘆を表しますが、やや驚きに似た感動で使われます。句の最後に使われる場合が多く、余韻を残す「かな」と「や」に比べて後味を残さない印象を与える語です。

例句では、「けり」を使うことによって、線引きされたという、分け隔てられてしまった感覚を引き立てています。

コツ16

一字あけには意味がある

へちま棚　女房の留守が続きます

杉山昌善

川柳を書くときには、文字を続けて表記するのが基本です。しかし、場合によっては、一文字分スペースをあけて書くこともあります。これを「一字あけ」といいます。

この手法は、作者が意味を強調するためあえてここで区切ってほしいときや、一見すると区切る箇所がわかりづらく誤読を避ける場合などに使われます。

句会などで選者が読む句を聞いて鑑賞するのであれば、区切りは明確です。しかし、誌面やネットなど画面上で見て鑑賞する場合は、一文字あいていることで区切りが明確になり、解釈がしやすくなるのです。

表題の句は、「へちま棚」の後に一字あけをすることによって、庭の景色から一転して家族が留守をしている家の中へと場面転換をしています。シーンがさっと切り替わり、捉える視点が変化しています。一つの句の中で二つの情景が繰り広げられるという、想像力豊かなストーリーが生み出されます。

また、一文字分のスペースにより違う世界へ移動することにより、「へちま棚」と「留守」

というコントラストが映えてきます。読み手が句の世界に入りやすくなるのです。

少し動く　鬼は恋している気配

一字あけは、状況の描写を切り替える場面転換のほかに、時間の経過も表すことができます。

例句では、「少し動く」のあとの一文字分のスペースにより、その後の「恋をしている気配」という時間経過がわかりやすい描写になっています。句の中の話が進んでいき、ストーリーが展開されていくドラマ性が出てきます。

確信犯　古い時計のネジを巻く

例句では一字あけをしないと「確信犯古い時計」となり、漢字が続いてしまいます。読みやすさや意味のわかりやすさを示すためにも、一字あけは有効になるのです。

このように、一字あけは、読み手に対してのガイド的な役割も担います。

川柳は、一本の棒のように文字を続けて記すのが基本になります。一文字分のスペースをあける一字あけは、原則的には行わないのですが、前述のように手法の一つとして使われる場合もあります。初心者は、基本を踏まえながら句をつくっていきましょう。

コツ17

ルビでイメージを膨らませる

輪の中に別れた女性《ひと》の踊りおり

杉山昌善

川柳では、一文字あけのほかにもルビや当て字、傍点、感嘆符、疑問符など様々な表記の仕方をする場合もあります。これらは読みやすくするための場合もあれば、文字に印象をつけて、句自体のイメージを膨らませるための装飾的役割の場合もあります。

表題の句では、「女性」を「ひと」と読ませるためにルビをつけています。「ひと」と読むことにより、七音になります。

また、一般的に馴染みのない難しい漢字を使った場合に、ルビをつけることもあります。難しい文字が出てくると読む流れが止まり、五七五のリズムが失われてしまうからです。

名画座に亡父《ちち》の帽子を座らせる

例句の場合は亡父に「ちち」というルビをつけ、リズムのよい流れになっています。句を見るだけでなく、聞いたときに「ちち」という言葉であってもその表現は変わることなく読み手に伝わる内容になっています。このようにルビを使うと表現の幅が出ますが、原則的には振らないのが作句の基本になります。

惜しかった！決まり科白で神が去る

句の中に感嘆符「！」や疑問符「？」を使うこともあります。例句のように「惜しかった！」と感嘆符を入れることで、終わってしまったことの勢いや強さがよりいっそう増してきます。

多数決…私の名前捨てられる

三点リーダー「…」を使用して、視覚的に間を生み出す手法もあります。言葉のあとに空白を感じさせる点は一字あけに似ていますが、記号が表記されることでその後の展開がどうなるのか、見た目で引きつける効果があります。

この恋に○か×かをつけている

誰でもが知っている記号○や×△などであれば、ひらがなやカタカナではなく、あえて記号のまま表記してもいいでしょう。意味もすぐにわかりやすく、句の表情も出てきます。

何か忘れ何か忘れて咲く椿

「忘れ」という言葉が2回出てくる句。文字の横に点がつく記号、傍点をつけると、2つの「忘れ」を区別する効果が出ます。このように言葉の解釈の違いを導いたり、より言葉の存在を強めたいときに使いましょう。

コツ18

オノマトペ

オノマトペの使い方

芽がさらり悪意がさらり春うらら

杉山昌善

オノマトペを句に取り入れる

物が動いたり、鳴き声などで生じる音を真似た「擬音語」や、物事の様子を音に喩えた「擬態語」を活用する方法もあります。

擬音語は、電車が「ガッタンゴットン」と走る音や、爆発の音「ドカン」、または犬の鳴き声「ワンワン」、雨の降る音「シトシト」などがあります。

擬態語は静寂を表す「しいん」や、恥ずかしい様子の「モジモジ」、笑った表情の「ニッコリ」など、実際には出ていないのですが、様子を音に喩えて表したものになります。擬音語と擬態語の総称は「擬声語」または「オノマトペ」ともいわれます。

印象的な響きを文字にする

表題の句は、「さらり」という擬態語を使っています。軽やかな感覚のする擬態語を、新しい息吹である「芽」と邪悪な心「悪意」という対照的なものに使い、そのコントラストの明暗が読者を引き込みます。

チャキチャキと拍子木の鳴るご臨終

実際に生じる音を文字で表す擬音語は、その音の持つ響きがイメージしやすくなります。

例句は、拍子木の鳴る音を「チャキチャキ」と表し、木の乾いた音が印象的に浮かび上がります。

心地よさを感じる言葉を選ぶ

四股を踏むときの「どすこい」や「ほいさっさ」、「よいしょ」、「えんやこら」など日本人に馴染みのあるこれらの言葉は、間投詞（または感動詞）といわれます。動作を助ける掛け声や歌の一節などから由来した言葉で、擬声語とはまた違う、心地良さを響かせます。こうした言葉を句に取り入れてみるのもよいでしょう。

文芸の中のオノマトペ

オノマトペは、「ブーブー（車）来るよ」「（雷が）ゴロゴロしているよ」など、子どもへの言葉として使われやすいので、童話によく使われます。また、感覚的な表現で感性に訴えかけるので、詩や小説でも見られます。

宮沢賢治はオノマトペを作品でよく使い、その中には個性的なものもありました。

どっどど　どどうど　どどうど　どどう
青いくるみも吹きとばせ

「風の又三郎」より

コツ19

推敲をする

折鶴を開いて祈り解き放つ

杉山昌善

作句で、どんな言葉を使ったらいいのかいろいろと考え練ることを推敲といいます。自分自身が納得する言葉を選んでいるかどうか迷ったとき、その言葉が句の中で唯一の存在であるかを確かめることも大切です。

表題の句であれば「折鶴」という言葉は、他の言葉でもよかったのでしょうか。「開いて祈り解き放つ」ものを他の言葉「仏壇」、「天窓」、「古本」…と、あてはめてみます。しかし、祈りという思いを込める象徴や、「解き放つ」という表現は飛び立つ鳥のイメージに重なるので、やはり「折鶴」となります。

このように、他の言葉では置き替えることができないことを「動かない」、他の言葉に替えても句の意味が変わらない場合は「動く」といいます。推敲するときには、選んだ言葉が動くのか動かないのかを確認するのも一つです。

川柳は一息で詠みきる勢いが必要ですので、推敲に比重を置き過ぎて、発想時の思いの勢いをそがないように気をつけることも大切です。

コラム

4つのポイントを参考に句をつくってみよう

川柳の楽しさは、句をつくることです。
そのためのポイントを句とともに紹介しましょう。

1. 自分自身を笑い飛ばす

還暦や銀河の果ての高笑い

妻が来る味方を呼んだはずなのに

2. 人生を開き直る

生きるとは毎日ドアを閉めること

旅の宿　わが人生を四捨五入

3. 自分自身を癒す

弱虫を許してくれる下弦月

結び目をゆるゆるにして生きている

4. 川柳の中で恋を楽しむ

湯を落とす人を恋したことを恥じ

遠い雷　別れた人が出産す

涙なんかどんどんビールで補充する

杉山昌善

PART3

川柳を詠んでみよう

PART2で創作の方法やルールを学んだら、次は実際に句をつくりましょう。喜怒哀楽や自分史、恋愛など作句しやすいテーマを例にあげています。自分の思いを自分の言葉で表現してみましょう。

コツ20

喜怒哀楽を五七五に詠む

花嫁の父でベルトをきつく締め

杉山昌善

PART2で学んだ川柳づくりの技法やルールを踏まえて、作句をしてみましょう。

実際に川柳をつくるときは、何をテーマにどのように作句すればよいのか迷うことがあります。川柳は自分自身の心を描くものですので、まずは自分の気持ちに向き合いながら表現したい心情を考えてみましょう。

喜怒哀楽を中心に考える

感情を表す基本的なカテゴリー、喜怒哀楽を軸に考えてみるのもいいでしょう。嬉しかったときや腹立たしく感じた場面を思い出し、題材となる自分がどんな心情だったか表現してみるのです。

よりドラマティックな創作の思考方法

「危怒哀落」という視点で考えてみるのも良いでしょう。これも創作の基本となる要素です。危機感や緊張感を表す「危」は、ドラマ性があり、引き込む力があります。「落」は意外な展開や結末で、笑いを誘ったり驚くような深淵の本音が入ると、読み手の感嘆を誘うのです。

人生のイベントや恋愛模様を詠む

アイディアが浮かびやすいテーマとして、結婚や就職、定年など人生の節目に起こった出来事から句を創作するのも一つの手法です。自分の人生に起きたことを句に詠み時系列に並べれば、自分史のようになります。

表題の句は娘の結婚式という、父としての大舞台の日を描いています。喜怒哀楽であれば「喜」となり、嬉しい感情が緊張している気持ちの中に表れています。男親の娘に対する大きくて静かな愛情を感じます。

川柳でよく詠まれる題材に、恋愛があります。恋する気持ちや恋愛模様は、人生の中でも劇的な出来事です。その素直な気持ちを詠むことで、ドラマ性のある句ができるのです。

読み手の共感を呼ぶ内容を考える

川柳は、読む側の共感をいかに得るかが、大切になります。それは、詠み手と読み手のキャッチボールのようであり、いかに共感というボールを行き交わせるかがポイントです。

キーワードになる「共感」を意識すれば、相手に伝わりやすい作品に仕上がります。

コツ21

日常の嬉しさや感動を見つける

幸せで紙飛行機になる暦

杉山昌善

喜びという感情は、嬉しさや感動、感銘といった心の動きを表します。自分にとっての喜びとは何か、また、どんな場面で喜びを感じるのか、考察していきましょう。

表題の句は、暦を作者自身と重ね合わせて表現しています。暦の本来の役割は、日付を知らせる日めくりだけの存在です。

そんな暦が、その日に起こった幸せな出来事で、つい紙飛行機になってしまったことを表現しています。「幸せ」という言葉を使い、嬉しさのあまり紙飛行機になり飛んで行く、そんな喜びを描いた句になります。

共感を呼ぶ嬉しさを考える

自分自身の喜びの場合、嬉しい出来事をただ単に述べるだけでは、共感を得にくいです。人は他人の幸せについては、あまり魅力を感じず、どちらかというと不幸なことに興味を持ってしまうのです。また、ひとりよがりの句にならないように気をつけましょう。子どもや孫、ペットなどの素材で自分の思いだけが全面に出る

喜びを表す言葉には「芽吹く」「花が開く」「日が差す」「星が瞬く」など自然の情景がよく使われる。句の中に期待感やワクワク感を感じる表現があると、喜びの感情が浮きぼりになる。

と、共感しにくいです。

逆境がドラマを生みやすい

一番共感を得やすいのは、生きる喜びや生きていることそのものの嬉しさを詠ったものでしょう。病を克服したときの命の尊さ、人に助けられた絆の大切さなどは、感情移入がしやすくなります。

人間賛歌は、苦しいところから立ちあがる状況で生まれやすいのです。ピンチをチャンスにした様は、読み手にとって感動とともに励まされた気分にもなります。

喜びを詠んだ句

地の虫の生きると決める蒼い空
君を抱く机に嫉妬されながら
青春のクローバーあり父の古書
孫を抱くゆらり娘の名であやす
携帯の待ち受け画面成長記
妻という鯛の背鰭を隠れ家に
百歳の母からもらうお年玉
無印の人生なりし天高し
幼子の乳歯がひとつまたひとつ
傘立ての中で平和な雨蛙
真夜中の桜吹雪にある自由
雲間より私にそそぐ祝い唄
手拍子が最後の恋についてくる

コツ22

怒りの気持ちを句にする

怒怒怒　愛を開いている右手

杉山昌善

自分自身や他人、境遇や状況に対して不平や不満、憤りを感じることがあります。そんな腹立たしさなど怒りの感情を句に表現してみましょう。

喜怒哀楽を表現する場合、喜怒哀楽の文字そのものを使わないで別の言葉や文字を使って表すのがポイントですが、表題の句のようにあえて使うなら複数続けて使い、その意味を増幅させるのも一つの手法です。文字を続けて並べることで、視覚的にも怒りの様相が伝わります。さらに、その後の一文字をあけることにより、強調を感じさせる間を生み出しています。

怒りの矛先を考えてみる

作句をする場合、怒りの対象を誰にするか、何にするのかが重要です。自分なのか、友人や恋人、家族、上司、あるいは環境なのか。ターゲットを決めたら、なぜそれに対して怒っているのか、自分自身の気持ちを洞察しましょう。主観的な思いを客観的に考察することで、最適な言葉を選ぶことができます。自分の思いを表怒っている自分を俯瞰し、その不甲斐なさを句に詠むのも良い。怒りを感じた自分を省みながら、気持ちを整理して心を静める。高ぶる気持ちが作句することでリセットできる。

すのには、どんな具象が適しているか。「大雨」「雷鳴」などの自然現象、「唐辛子」「ガーリック」といった刺激のある食べ物、その他に「鬼」「仁王」など怒りの喩えを考えていきましょう。

五七五で人を傷つけない

他人を怒りのターゲットにした句では、その相手を傷つけないことを念頭におきましょう。「ペンは剣より強し」という言葉があるように、使い方によっては人を傷つけ人間関係を悪くさせます。特に、弱者へ怒りを向けてはいけません。立場の弱い人よりも強い人へ矛先を向け、「軽み」や「笑い」で包みましょう。

怒りを詠んだ句

貝塚の深き所にある殺意
怒り怨念　夜の九時には寝てしまう
耳栓を外さば蝉の死ぬる声
未練はない絶対にない崖の上
故郷は裏切りだらけ墓だらけ
極彩のぬり絵になった主戦場
石礫わたしが載っているリスト
売れぬ絵の山どくどく脈うって
あの日あの時吠えていたらの五十年
正論に焼き鳥の串突き刺さる
草毟る　毟り毟って母許す
約束の日が来た天に唾を吐く

コツ23

共感を呼ぶ哀愁を描く

四面楚歌　父は黙って靴を脱ぐ

杉山昌善

日常で感じる切なさやもの悲しさ、ペーソス、憂いを表現してみましょう。

表題の句は、帰宅しても迎えに誰も来ない父の哀愁を描いています。家族の様子や立場もわかるユーモアも織り交ぜられています。

また、四字熟語を使うことで、言葉の持つ力が効果的に発揮され、その後の一字あいた間が、より切なさを強調させています。限られた音字数では、意味が凝縮された熟語を使うのも一つの手法です。

ユーモアを巧みに取り入れる

ユーモアと哀愁が組み合わされた作品は、川柳の真骨頂ともいえるでしょう。暗いだけでなく開き直りを織り交ぜることにより、明暗の相互作用が生きてきます。ユーモアという明るさがあるからこそ、哀しみの暗さが引き立ち、またその逆もあります。

哀しみをわかりやすく表したいからといって、人名や映画や音楽の名称など固有名詞を使表現することは、心を解放することでもある。川柳を詠むときには、恥ずかしさを脱ぎ捨てるくらいに気持ちをまっさらにしよう。自分の心の傷も表現すれば、自分自身を癒すことができる。

うのは避けましょう。読み手が必ずしも同じ思いを抱いているとはかぎらないからです。

また、ただ哀しいという思いだけを詠んでいる句は、共感されにくいです。沈痛な思い、そこから開き直る作者の強い心が軽さや笑いなどを入れて表現されると、読み手に感動を与え、佳句になるのです。

ドラマティックになる悲恋の句

恋愛の句は哀しさを誘う句になりやすいです。恋に破れた失恋の句、一方通行の届かない片思いの句、周囲から許されず結ばれない運命の相手との叶わぬ恋など。成就しないからこそ哀しみが深くなるのです。

哀しみを詠んだ句

転勤になれた男の軽さかな

愛という漢字を書いて泣いている

加水なし加熱もなしのただの人

かみさんや泣くなよしよし寝んねしな

いつだって隣にいます消えてます

満開の桜の幹の黙秘かな

砂となりサラサラ消えるヒラメです

「鬼は外」私はいつも外にいる

起きなさいさあ白旗を振る時間

沈丁花　父の記憶が消えてゆく

男ですその場しのぎの眉を描く

夕焼け小焼け　電車ごっこの駅になる

コツ24 ユーモアをスパイスに

飲み屋から放物線で帰ります

杉山昌善

楽しさを表す句は、ユーモアや笑いを表現するカテゴリーです。喜びとの違いは、厳密な区別としては難しい面もありますが、突き詰めると喜びは人生賛歌を詠い、楽しさは何かの行為を謳歌する、という大まかな分け方ができます。

誰もが楽しくなる笑いを誘う句

楽しさは、永続的というよりも瞬間的なものでもあります。また、楽しさを表す句は、読む人が思わず「うふふ」「あはは」と笑ってしまうような面白さがあります。

共感を呼ばない句は、他人を笑う抽象的な内容を詠んだものです。それよりも自分が楽しんでいる様子をイキイキと描いた方が共感を呼びやすくなります。

表題の句は、「飲み屋」さんからの帰りです。酒の句は「楽しみの句」の代表かもしれません。李白の漢詩をはじめ、酒に関する詩歌は、古今東西数多く詠まれています。自分にとって楽しい世界は何か、音楽であったり、スポーツであったり、料理だったり…。そんな世界で川柳をつ

くると、「楽しみの句」が出来やすいといえます。

毎日の生活をユーモアの視点で見る

特別な出来事がなくても、日常生活の中で起こることをユーモアの視点で見ていくと、いろいろな発見や気づきがあります。

定年を認めて欲しい大掃除

「掃除」という言葉一つからでも、思わず共感してしまう句が生まれます。

過去はみな笑い話に進化させ

消すことの出来ない過去だからこそ、すべてを笑い話に変えてしまいます。

楽しさを詠んだ句

私は朝のコインで動きます
真夜中の往復のあり春おぼろ
この世かな軽く踊っている私
我が生はドロップ缶のようなもの
立待ちの地蔵の頬に接吻す
生き甲斐になってしまったうどん掛け
永久の欠番となるいい私
後ろには常に笑顔を見せておく
大変だエンジェルはんにキスをされ
トカゲの尾接着剤で付け直す
春うららレッドカードが五十枚
日に二回自動ドアーに挟まれる
返送の年賀ハガキが大当たり

人生の節目を詠む

コツ25

自分史を詠む

還暦や莚の痛さ温かさ

杉山昌善

人生の節目に起こった出来事を句に詠んで時系列に並べれば、自分史をつくることができます。川柳は自分のことを表現するので、アルバムを見ながら過去の自分をテーマに創作するのも良いでしょう。オリジナリティある作品になると同時に、時代性が反映されれば同世代の読み手に親しみやすさを感じさせ、結婚や子育て、介護であれば、同じ境遇を経験した読み手の心へ響き、共感される句ができます。

表題の句は還暦をテーマに詠んだ作品です。

長寿の祝いの一つである還暦を迎え、そのときの心情を五七五に表しています。

人生の出来事を自分の誕生から順に追っていくと次のような川柳ができます。

誕生

遺伝子は四月生まれの桜好き

給食

感謝せよ脱脂粉乳かきまわせ

初恋

憧れの人と合わせる登下校

就職
転職三回　運を頼って浮いてみる

結婚
わがままなあんたの脇を走る日々

子育て
サクラサク娘はすぐに父離れ

子供の結婚
嫁ぐ娘へ五人囃子を持たせたや

親の介護
蔵の戸を閉じて介護と向かい合う

人生
ジイちゃんと呼ばれてからの不良道

コツ26

恋する気持ちを描く

湯豆腐のうまく掬えぬ人が好き

杉山昌善

恋愛は川柳のテーマにしやすいジャンルです。胸が高鳴る初恋から切ない片思い、初めてのデートなど、誰にでも経験しうる出来事であるからこそ、共感しやすい句ができます。

川柳は自分の心をいかに素直に表現できるかがポイントです。恋する気持ちを、恥ずかしがらずに堂々と描いてみましょう。

恋心は、相手の欠点さえも愛おしく思うところがあります。表題の句も恋した人の不器用なところに優しい視線を向けています。相手を思う気持ちが五七五に描かれています。

切ない思いを表現する

幸せにつながる恋もそうでない恋も、想像力を膨らませて、自分の世界を自由に描くと豊かな表現ができます。

相手に思いが伝わらず、うまくいかない恋愛は、その歯がゆささえも、表現してみます。

旅人のようにあなたはすれ違う

思う相手とはすれ違いばかりになってしま

う、そんな切ない思いには共感する読み手も多いでしょう。

思いを伝える五七五のラブレター

川柳は読み手がいて成立するものです。その読み手を特定の人に決めて、その相手に思いを伝える句をつくればラブレター代わりにもなります。

恋愛の句は、相手を思う強い気持ちが描かれるので、ドラマティックな世界が繰り広げられます。自分の経験はもちろん、自由に想像したフィクションの恋など、いろいろな恋愛を表現してみましょう。

恋愛を詠んだ句

人恋えば人恋う人のすぐ後ろ
朝顔は別れた家で美しい
似た人に息とととのえて君の駅
新しきシャツの威を借り好きという
雨ざんざ指で計っている想い
逢いたくて五本の指を開き切る
美女よ来い花咲爺ここにあり
別れ来て耳にやさしい遠花火
初恋の人の名札が残る門
痛いなあ君とのことを諦める
あなたとは一緒に止まる独楽になる
風水の鬼門に君の乳房あり

一瞬を掬ってよぎる蝶である

川瀬晶子

PART4

川柳を鑑賞する

句をつくる技術を高めるには、多くの佳い作品を鑑賞することが大切です。PART4では作家別に川柳を紹介しています。様々な作家による作品を味わいながら感性を磨き、表現方法などを学んでいきましょう。

川瀬晶子（かわせあきこ）

現代川柳作家
時実新子に師事
現代川柳「かもめ舎」主宰
NHK文化センター青山教室　現代川柳講座・講師
週刊朝日川柳新子座大賞受賞（2001年）
時実新子文学碑建立記念川柳大賞受賞（2002年）

句集「好きになる　ただの四角い窓だけど」筒井書房
かもめ舎川柳新書「アンドロイドA」左右社
川柳ブログ　http://kawase-akiko.cocolog-nifty.com/blog/

コツ27

上達のための作品鑑賞

私の深いところで飛ぶカモメ

川瀬晶子

これまでに川柳とは何かについて、詠むための決まりごと、作句する方法などを紹介してきました。

実際に詠んでみるとわかりますが、初めのうちは五七五に納めることに四苦八苦してしまい、自分の思っていることをなかなか表現できないものです。そのようなときに良質な作品の鑑賞は作句のヒントを与えてくれることがあります。

鑑賞のコツは、まず言葉通りにイメージすること。表題の句で言えば、いきなりカモメは何を暗喩しているのかなどと勘繰らずに、とにかくカモメが飛んでいる姿を思い浮かべてみます。一羽なのか二羽なのか、それともたくさんいるのか、深いところってどこだろう……などと味わいつつ、だんだんに作者の心の中を読み込んでみるという具合。

ただ、初心のうちは読んでも理解できない句も多いでしょう。わからない句は、とりあえず横に置いていただいて構いません。詠む力がつくと、自然に読む力もついてくるので、しばらくしてもう一度読み返してみれば良いのです。

作句のヒントになるのは、やはり現時点で共感できる句。そして、意味はあまりよくわからなくても感覚的に好きな句です。それらの発想や表現方法、言葉の使い方などはきっと参考になるはずです。

ここからは、作家別に作品を紹介していきます。男性、女性、年齢や経歴などバックグラウンドは様々ですが、読んでいただけば、現代川柳というのは、時事川柳でもなくサラリーマン川柳でもなく、自分自身を表現する文芸としての川柳であることをわかっていただけるでしょう。

人の作品を読むときに一つだけ注意していただきたいのは、好きな句だからといって自分の作句ノートに書き写さないでください。自分の作品と混同してしまう事故が間々あります。どうしても書き留めたいなら、鑑賞用のノートを別に用意しましょう。

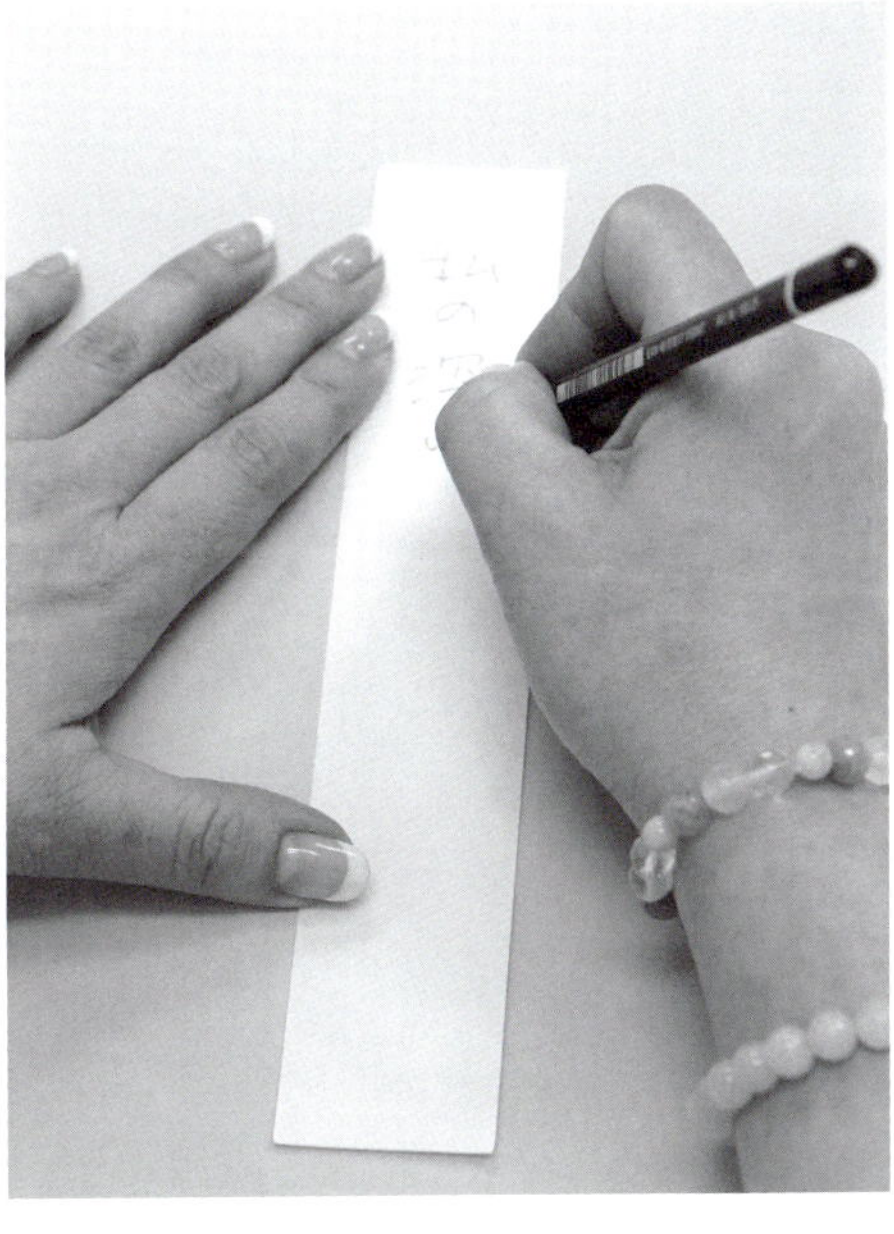

川柳鑑賞 ①

コツ28 朴訥《ぼくとつ》なユーモアを味わう

古里の地図山ばかり風ばかり

雪掻きの寂しき貌とつきあたり

不揃の長靴が行く雪の葬

働いて働いて過疎になって行く

ぶっきらぼうそんな案山子が好きだった

割り切れぬ話を置きに辻地蔵

喋らなくなった鍋と居る一人

向かい風生きねばならぬ顔になる

日々好日朝昼晩の薬あり

石田一郎

現代川柳は私発。だからといって個人の日常を報告するだけの五七五は自分の日記に書くべきものであって、川柳とは呼びません。石田一郎さんは農業を営んでおられ、句材もご自身の生活の中に多くあります。作品が単なる日常描写にならないのは、その句の奥に確たる作者の思いが感じられることと、彼独特の朴訥なユーモア、そして詩心にあると思います。

不揃の長靴が行く雪の葬

喪服を着た葬列の足元が長靴なのは雪国なら仕方のないことですが、さすがに長靴まで葬儀用のものを用意している人はいないでしょうから、人によっていろいろな長靴になってしまうのですね。色も黒ばかりではないかもしれません。そんなちぐはぐな様子が悲しみに沈む空気を少し緩めてくれるのではないかと想像します。形ばかり整えられた都会の葬儀とは違った温かみをこの句に感じます。

喋らなくなった鍋と居る一人

かつて家族の真ん中で活躍していたであろう大鍋。やがて子供たちは成長し、独立。少しずつ家族は減って、今は一人で黙々と食事をすることに。あの大鍋は使われることなく台所の隅でひっそりと埃をかぶっています。

向かい風生きねばならぬ顔になる

向かい風が吹くからこそ、人間は強く生きようと思うのかもしれません。逆説的真理。

コツ29

瑞々しい感性に触れる

大笑いしたら翔べそう青い空

きっかけを拾って走る風の中

からからと嗤う私の蹴った石

自惚れの強い辺りが焦げている

ひとりでは出来ぬいくさにミカン剥く

もしもからやっぱりになる風の音

41キロの命に第九かけてやる

君の鱗一枚抱いたまま生きる

豌豆《まめ》ご飯炊いて私のおめでとう

伊藤玲子

川柳を始める年齢に早い遅いはありません。むしろ年齢を重ねた方のほうが向いていると言えます。人生の喜怒哀楽は川柳の種。川柳は大人の文芸です。伊藤玲子さんはご高齢ではありますが、全く年齢を感じさせない瑞々しい感性をお持ちです。

大笑いしたら翔べそう青い空

何と朗らかな句でしょう。小学生がこんな意味の句をつくっても不思議はないけれど、人生の辛さ・悲しさを知っている玲子さんがつくるからこそ深い作品になっているのです。

からからと嗤う私の蹴った石

腹立ちまぎれに蹴った石に嗤われてしまうという自虐の句です。「嗤う」には馬鹿にして嘲笑うという意味があります。「わらう」という言葉には他に笑・咲・哂・呵などいくつもの漢字があり、それぞれ意味やニュアンスが違います。句意によって漢字を使い分けることも、たった十七音字の川柳では大事です。

41キロの命に第九かけてやる

大病の後の作品ですが、「41キロ」という具体的な数字がとても効果的です。病気でたった41キロになってしまった自分の体（命）だけれども、今、生きていることに感謝と喜びを持って第九（ベートーヴェン作曲の交響曲第9番）をかけてやろう、という力強い意志を持った佳句です。

コツ30 人間の面白さを観察する

うれしくてコップの中で立ち泳ぎ

釘抜いた穴から笑い声あがる

三日月になると零れてくる噂

虚像へも最敬礼をしてしまう

ややこしい場所を何度も見てしまう

ばかでかい門だ　とっても寂しそう

近づくと黙ってしまう鍋の蓋

未練だけ小さくちいさく折り畳む

柔らかくなるまで風のままでいる

内田久枝

川柳には自分を含めた人間観察が欠かせませんが、不思議なことに生真面目に何かしているときほど滑稽になってしまうものです。内田久枝さんの作品では、そのあたりの人間の面白さが身近な具象でうまく表現されています。

うれしくてコップの中で立ち泳ぎ

うれしくてプールや海に飛び込むならありきたりですが、手にしていたコップの水に慌てて飛び込んでしまうほど我を忘れる喜びようが愉しいではないですか。

ばかでかい門だ　とっても寂しそう

大きな門の前での男女の会話ともとれるこの句。男はその家の主人の虚栄心を嘲笑います。

けれども、女は虚栄心の奥にある寂しさを見抜き、ぽつりと呟いたのでした。男に聞こえないように。

近づくと黙ってしまう鍋の蓋

この鍋、自分が使っている鍋なら蓋も黙りはしません。恐らく鍋は姑のものでしょう。嫁には内緒で何かコソコソやっています。姑が鍋から離れた隙に近づけば小姑がサッと蓋をする感じですね、きっと。

未練だけ小さくちいさく折り畳む

未練というものの本質がとてもよくわかる作品です。どんなに小さく折り畳んだとしても捨てられない、忘れられないのが未練です。

コツ31

自分自身と向き合う

自由にお遊び　独り広場に残される

もう僕を忘れブランコ揺れている

父でなく木の椅子だろうこれからも

愛することにふっと疲れたコルク栓

「天城越え」聴いてる暗い暗い目で

箱の中のマリオネットの顔である

飴ひとつ貰った駅を忘れない

そっと手を開けばいつも笑う声

喜びと悲しみの傘すれ違う

大西俊和

自分の思いを表現するには、まず自分自身と向き合わなくてはなりません。そこには当然のことながら、もう一人の自分が必要です。自分自身を見つめるもう一人の自分の目。これが川柳の目です。大西俊和さんは冷静で非常に繊細な目を持っています。大変な状況にあっても決して大袈裟な表現をせず、語り口は常に優しく穏やかです。

箱の中のマリオネットの顔である

もちろん自分の顔のことを詠っています。単に人形のようだと喩えれば凡庸ですが、糸に繋がれた体の各部位が、バラバラになって箱に納まっているマリオネットです。人間に置き換えたときのグロテスクで残酷な様を想像すれば、彼の顔が、あるいは心がどれほど虚ろか理解できるでしょう。

そっと手を開けばいつも笑う声

その手の中にあるのは作者にとって大切な宝物。生まれたての小さな雛を抱くように優しく大事に両手のひらで包み込んでいます。辛い時、そっとその手を開けば、明るい光が笑い声と共に漏れてきます。それは慰めであり、支えであり、希望です。

喜びと悲しみの傘すれ違う

雨の日の都会の雑踏。自分の目の前にある悲喜しか見えないのが人間ですが、この句はふわりと飛んで俯瞰しています。

コツ32
フィクションの面白さ

コカコーラこの世の闇をラッパ飲み

生み継いで規則正しい屋根瓦

残照や獣舎のごとくバスが来る

善人へ生温かき鳥の糞

失言の牡丹の首を刎ね給え

ボロ雑巾付けて世襲は譲られる

許すまで続くあやとり冬座敷

ころしてもころしても君美しい

身籠らん　君の吐く息全部吸う

金子喜代

川柳は事実の報告ではなく、作者が実際に感じたこと（作者の真実）を核にした創作です。どんなに小さくてもその核がないものは、きらびやかに着飾ったとしても読み手の心には響きません。金子喜代さんの作品の大胆な表現に読者は驚かれるかもしれませんが、彼女は現実の自分の思いを生な形で表現せず、自分の中にいったん沈め、フィクションとして昇華した形で創作しています。

コカコーラこの世の闇をラッパ飲み

むしゃくしゃした気持ちを晴らすためのコカコーラのラッパ飲み。投げやりな感じがよく出ています。あの奇妙な味の黒い炭酸飲料をこの世の闇と喩えていることも、とても面白いです。

善人へ生温かき鳥の糞

笑って済ますこともできそうなのに、この句の奥にいる彼女の目は笑っていません。善人とは作者自身のことですが、彼女にとっては偽善者と同義語、しかも「生温かき」糞です。相当屈折した怒りのこもった自虐の句ですね。さて、実際に彼女が浴びたものは一体何だったのでしょう。

ころしてもころしても君美しい

もちろん実際に殺人を犯すのではなく、心の中で殺すという意味です。「殺しても」としないで、ひらがな表記にしたところに深く愛してしまった者の弱さを見ることができます。

コツ33 悲しみや辛さを言葉にする

母が泣く母さんて泣く深き海

黄の小菊母が童女になってゆく

クリスマスカードすずらん棟気付

あれからです沖に動かぬ白い船

通りゃんせ渡った橋は燃やしませ

ヤジロベエこの一点で生きている

雪の貨車今日という日は戻らない

生きてりゃいいトントン葱の小口切り

冬木の芽おのれ生ききる覚悟なり

黒川利一

家族が病に倒れたり、亡くなられたりしたことをきっかけに川柳を始める方は多いです。自分が抱える悲しみや辛さを言葉にして吐き出すことで自らを支え、やがて立ち上がる力を得てゆきます。ある種のセルフカウンセリング効果のようなものが川柳にはあるようです。黒川利一さんはお母様を介護される中から自分を見つめ、ストイックで美しい作品を生みました。

クリスマスカードすずらん棟気付

病が進んで入院されたお母様へのクリスマスカードです。「すずらん棟」という病棟のネーミングも少しもの悲しいですが、その可憐な花の名とお元気な頃のお母様の面影、そして病の現実。それらが重なりあい、母へのクリスマスカードを病院に「気付」で出す作者の一通りでない悲しみが伝わってきます。

ヤジロベエこの一点で生きている

ヤジロベエのゆらゆらと危うい感じを自身に重ねているわけですが、「この一点で」がこの句の命です。悲しみや辛さのすべてを支えるほんの小さな一点。愛、でしょうか。

生きてりゃいいトントン葱の小口切り

どんなに辛いことがあっても悲しくても、人間はとにかく生きて食べてゆくのです。葱を切っている彼は、もしかしたら泣いているかもしれませんが。「トントン」が効いています。

コツ34

恋する気持ちを詠む

雲一つあって休暇の一日目

冷静沈着日々を繕う秋の風

全身の骨が共鳴する恋慕

逢えない理由を五つ書いて泣いた

別れるを覚悟の上の梅実捥ぎ

恋の燃えかすがレントゲンに映る

三月を消して十一年四月

クロも来いこげ茶もおいで淋しいぞ

この道でいずれ椿の花に遇う

近藤良樹

男性の場合、定年退職後に趣味として川柳に入門する方が多いようです。近藤良樹さんもその一人。女性が心の内をさらけ出すことにあまり抵抗感がないのに比べ、男性はかなりガードが堅いです。ただ、何がなんでもすぐに裸になれば良いというわけではないので、無理をせずに少しずつ心をほぐしながら現代川柳の流儀に慣れていきましょう。彼の場合も最初は硬い印象でしたが、最近はご自身のいろいろな面を見せてくれています。特に彼の恋の句には真情があり、心を揺さぶる強さがあります。

全身の骨が共鳴する恋慕

恋とは病のようなものですから、自分で自分の気持に蓋をしたとしても身体は正直です。しかも全身の骨が震えて共鳴する程の恋慕。これは重症ですね。

逢えない理由を五つ書いて泣いた

五七五ではなく八九の破調ですが、ただ逢いたいという気持ちをこれほど切なく訴える句にはなかなか出合えません。「五つ」に男性の冷静で理性的な面を表しつつも、最後に「泣いた」で意表を突かれ、読む者の心をグッと鷲掴みにします。

クロも来いこげ茶もおいで淋しいぞ

男性は自身の淋しさを口にしたがりません。でも、川柳ならこんなに優しい表現で吐露することができます。

コツ35

発想時の感覚を大切にする

あーあーあー今日も何かが縮んでく

仕方なく仕方なくおれ海になる

わたくしを一枚二枚はがす恋

哀しみが追いかけてきて抜いていく

還暦やわたしはうまく泣いてます

妻からの手紙は5年未配達

ここが底桜の花を敷きつめる

明日逝く桜吹雪と添い寝する

忘れてしまえ妻は北風だったのだ

芝岡勘右衛門

川柳において推敲が必ずしも成功しないのは、五七五という短い詩形において大切な発想時の勢いを損ねてしまいかねないという点にあります。句の訴求力の問題です。多少デコボコしていたとしても直さない方が良い場合もあります。芝岡勘右衛門さんは直感派。おそらくほとんど推敲はされていないでしょう。理屈で句をこねまわしたりせず、発想時の自分の感覚に正直です。そこに彼の作品の魅力があり、句に個性とパワーを与えています。

あーあーあー今日も何かが縮んでく

心の叫びをそのまま文字にしたような句です。「あーあーあー」とは一体何だと思われるかもしれませんが、他の言葉に置き換えてしまったらこの句の良さはなくなります。自分でもどうしようもない感覚を表しているのですから。

次は作句当時、危篤だった妻を詠った二句。

ここが底桜の花を敷きつめる
明日逝く桜吹雪と添い寝する

ここに登場する桜は、実際に彼が妻のために用意したということではなく、愛する者が逝ってしまう悲しみの底で彼の心に現れた桜花でした。そこには日本人の死と桜の関係は……などというような理屈は一切なかったはずです。この二句にある他を寄せ付けない桜の美しさが作者の悲しみの深さを力強く表現しています。

コツ36 わかりやすい言葉で深く

いいないいなお空はいいな終わらない

初めてのことが何にもなくて秋

いっせいに飛び立つ鳥を見てる鳥

亡母さんの歌がつまった水枕

つまずいた途端に動きだす振り子

三個目のアンパン食べる　揺れている

なにもかも飲んで無言の海になる

目をとじる怖さも少しある眠さ

幸せは途中の駅にありました

田村ひろ子

川柳の究極は「平明にして深く」です。難解な言葉や専門用語を使わなくても思いは十分表現できます。ただし、そのためには何を言いたいのか、自分の中でハッキリさせておかなくてはいけません。心に広がる思い、そこから構築されたドラマの上澄みを誰にでもわかるやさしい言葉でうまく掬い取っているのが田村ひろ子さんの作品です。

いいないいなお空はいいな終わらない

まるで幼児の独り言のようなこの句。一読で子供が澄んだ青空に向かって手を伸ばしている明るいイメージが浮かびますが、下五の「終わらない」が実は落とし穴。どこまで行っても終わりがないなんて、そんな怖いことがあるでしょうか。そこに気がつくと、この句の無邪気さは底知れぬ哀しみや虚しさに繋がっていることがわかります。

いっせいに飛び立つ鳥を見てる鳥

同じ鳥の集団の中に身を置きながら、他の鳥たちとは一線を画しています。余所者と疎まれているのかもしれませんが、衆愚に交わらない自尊心を持っているのでしょう。この鳥は孤独ですが、泣きごとなど言わず平然としています。

幸せは途中の駅にありました

誰もが幸せを求めて汽車に乗り、大抵の者が幸せの前を素通りして、気がついたときはもう遅い。後戻りできないのが人生という汽車です。

川柳鑑賞 ⑩

コツ37

日常の物事をいろいろな角度で見る

スキップの少し重たい春の土手

行き止まり札の向こうにある小径

ぬかるみに素足を入れてあたたかい

袋という袋を空にして眠る

百雷が一度に落ちた別れかな

冷えきった今宵　水のまま抱かれ

ハンドルを大きく切ったタイヤ跡

大楠にもたれ約束なき時間

初秋の昨日の月と今日の月

坪井篤子

いざ川柳を書くぞと大仰に構えてしまうと筆が重くなりますが、川柳の種は案外自分の身のまわりにあるものです。何気なく見過ごしているモノをもう一度よく見てみましょう。きっとどこかに自分の心に繋がるものや思いを映すものがあるはずです。坪井篤子さんは日常の物事をありきたりな見方で片付けず、いろいろな角度からながめ、自分の気持にリンクさせています。

スキップの少し重たい春の土手

さあ春だ、という浮き立つ気持ちの中に、まだ少し冬を引き摺っている感じがよくわかります。この場合、冬というのは心煩わす何かです。それが解決せず長引いているのでしょう。

ぬかるみに素足を入れてあたたかい

できれば誰もぬかるみなどに入りたくはないけれど、どうしても通らねばならないのなら、思い切って素足になって堂々と歩くのが篤子さんのやり方。入ってみれば思いの外あたたかいというのは強がりではないと思います。

初秋の昨日の月と今日の月

昨日の月と今日の月に大した違いはないのですが、たった一日でも月は確実に変化します。でも季節の変化ほど顕著ではありません。この変化の違いにポイントがあります。難儀なものを抱えて焦る気持ちと、少しでも良い方へ向かっていると信じたい気持ちの交錯です。

コツ38

生命の力強さを感じる

風に舞うわたしはどこへ飛べばいい

夜の蝉明日という日のあるような

一度だけ泣いてしまえばがらんどう

惜命のブランコはまだ揺れている

余命あり吐息は初恋のように

初雪のようにあなたはやってくる

僕はまだ流れていますお母さん

残る日に全部付箋を貼っておく

分かれ道春の匂いのする方へ

寺岡祐輔

重篤な病に立ち向かわねばならないとき、誰もが自分自身の生と死を見つめることになります。湧き起こる様々な感情、生の重さ、死の恐怖、それらを抱えて一日一日を過ごしていくには、何か支えが必要です。寺岡祐輔さんは病を得て、川柳と出合いました。彼は自分のために川柳を書き、書くことによってご自身を解放されたのだと思います。素直で力みのない真っ直ぐさが読む者の心の奥底を揺らします。

夜の蝉明日という日のあるような

夜だというのに短い命を惜しむかのように蝉がまだ鳴いています。眠れないのは自分も同じ。長い夜が明けぬまま、命が終わってしまうかもしれないという不安。明日という日のあるような、ないような……。

僕はまだ流れていますお母さん

下五の「お母さん」に胸を突かれます。自らの意志で泳ぐことができなくなり、流れに身を任せることになってしまった彼が、苦しみもがきながら亡き母を恋うのです。たとえ幾つになっても辛い時に呼ぶのは「お母さん」なんですね。

分かれ道春の匂いのする方へ

ここに至るまでに幾つもの分かれ道があったことでしょう。でも、もう迷うことはありません。彼は自分にとって今、何が一番大事なのかわかっているからです。

コツ39

具象でイメージを膨らませる

少女期の橋の長さを忘れない

寂しさはもう少し右いや左

無力感アメの袋をまた開ける

出口から入ったような一日だ

母思うとき小石小骨に小糠雨

日常の暗がりにある三輪車

豆がらの無口　愛だったと思う

忘れておしまいとっぴんぱらりのぷ

金色の風だった日がある狐

鳥海ゆい

川柳では目に見えない思いや感情を目に見えるもの（具象）に置き換えて表現することが多いです。それにより読み手は映像としてのイメージを得て、その句が持つ世界を想像し、作者の思いに近づくことができます。鳥海ゆいさんは寂しさや哀しみを淡々と描く作家ですが、そこに具象は不可欠です。

少女期の橋の長さを忘れない

誰もが目の前に延々と続く長い橋を思い描くでしょう。歩いても歩いても橋は終わらず、いつまでたっても向こう岸に着くことができません。大人になる手前の少女期の憂鬱が「橋の長さ」という言葉に集約されています。

母思うとき小石小骨に小糠雨

肉親との確執は辛いものです。母を亡くしても心に残っているしこりを「小石小骨に小糠雨」とリズム良く畳みかけています。あえて軽く見せているところは、やはり作者の優しさ、母への愛なのだろうと思います。

日常の暗がりにある三輪車

単なる風景描写のように見えますが、この情景には怖いものを感じます。「日常の暗がり」で少しドキッとさせ、更に「三輪車」で不安感をそそります。心象として読めば「三輪車」は必ずしも子供に直結せず、心の奥底にある危うさと読むこともできるでしょう。日常のふとした所にある不安感を描いて見事です。

コツ40 若い感性を味わう

桜咲くあなたの私信かと思う

君が好き紙ヒコーキにして空へ

ワンペアが揃えば生きるには足りる

この人でいいのか　ボート乗り場にて

シーソーの音がさみしい距離になる

一日中神様のこと探したわ

無実だと思うあなたは海だもの

自惚れと気づく夕陽の真正面

会いたくて来たよ黄色い自転車で

萩野久美子

二十代・三十代の若い世代に川柳の魅力を理解してもらうことは、機会も少ないため、なかなか難しいのですが、萩野久美子さんは数少ない若い作家です。派手なことは苦手だけれど気持は一途、決して曲げない強さを持つ彼女の性格は、そのまま作品に表れているように感じます。

君が好き紙ヒコーキにして空へ

何と初々しく清々しい作品でしょう。青空をスーッと滑ってゆく白い紙ヒコーキのごとく、真っ直ぐ素直に人を好きになりたいものです。

この人でいいのか　ボート乗り場にて

お堀端のボート乗り場はお決まりのデートコース。順番待ちの列に並びながら、次々にボートに納まっていくカップルを眺めていて、ふと、自分の横にいる彼をまじまじと見てしまう彼女。決して悪い人ではないけれど、自分は本当にこの人のことを好きなのだろうか。水の上のボートがちょっとしたことで不安定になってしまうように、今、彼女の心も揺れています。

無実だと思うあなたは海だもの

この若い作者が「あなたは海」と言い切るまで、様々な心の揺れや迷い、葛藤があったはずです。許せないという気持ちと愛情の狭間で見つけた海。海が相手では何も言えませんからね。彼女は本気で彼を好きになってしまったのです。この「海」を見つけた感性は非凡です。

コツ41 強い情熱と冷静な目差し

降車駅　元気いっぱい手を振られ

電話やさしく私は部屋に残される

遠くなる子は子であった赤い屋根

立見席　横目はしないしないのだ

我慢これまで腹の底から泣くシジミ

さようならそして静かにアリ退治

太古より涙ぬぐった拳骨だ

バナナ半本重いニュースを耐えている

行く先はあるのか渋谷交差点

水野のぶ子

現代川柳に女性作家が多く活躍するようになって、あまりに湿っぽい叙情に流れてしまうことを危惧する向きもありましたが、実際には優秀な作家ほどドライです。その中でも水野のぶ子さんは、強い情熱と同時に冷徹な目を持った気骨のある作家です。

さようならそして静かにアリ退治

あまりに冷静で残酷と言われてしまうかもしれません。涙でも流していれば健気と思われる余地はありますが、決して彼女は涙など流したりしないはず。誰かに対する怒りというより、自分の弱さ・情けなさを怒り、葬りたいという気持ちのほうが強いように思います。

バナナ半本重いニュースを耐えている

東日本大震災直後の作品です。テレビは重いニュースばかりが続き、東北・関東は連日の余震。多くの人が不安と恐怖で食事は二の次になっていました。おそらく作者も食欲のない身体に何とか納められるのがバナナ半本だったのでしょう。とても一本を食べきる元気、気力がないのです。

震災は、直接大きな被害のなかった人々の心にも大きな影を落としました。

行く先はあるのか渋谷交差点

信号が変わり一斉に歩き出す群衆。この人たちは一体何を求め、どこを目指しているのか。そして何より私自身（作者）の行き先は？

あの人を道連れにする滝がある

杉山昌善

PART5

川柳を評価する

句を見極める達人の選者は、どんな視点で作品を評価しているのでしょうか。PART5では、作品の添削を見ながら、句を様々な角度から読み込んでいきます。自分の気持ちのままの鑑賞から、一歩進んでみましょう。

コツ42 選者の役割や資質を知る

川柳を詠みその楽しさを感じてきたら、さらに腕を磨くために句を読み解く力を身につけていきましょう。そのためには、良い句を見抜く役割である選者について知ることが大切です。

選者は川柳を見極める高い能力を要する

川柳の選者は、句をどのくらい理解できるのかという、高い能力が試されます。たった十七音字の中に作者がどんな思いで自分の世界を描いているのか、選者自身の心の幅広さと深い洞察力、想像力が必要になります。

さらに、理解する作業は短時間で行わなければならないので、瞬時に見極めるスキルも求められるのです。

選ばれる句は、選者によって違いが出てきます。選ぶ人の感性や個性が表れるので、良い作品は一つではなく、選者の数だけあるともいえます。このことから、句を選ぶこと、その行為自体が、作品をつくるともいわれます。

披講は選者の資質が試される

川柳は詠み手と読み手のキャッチボールによ

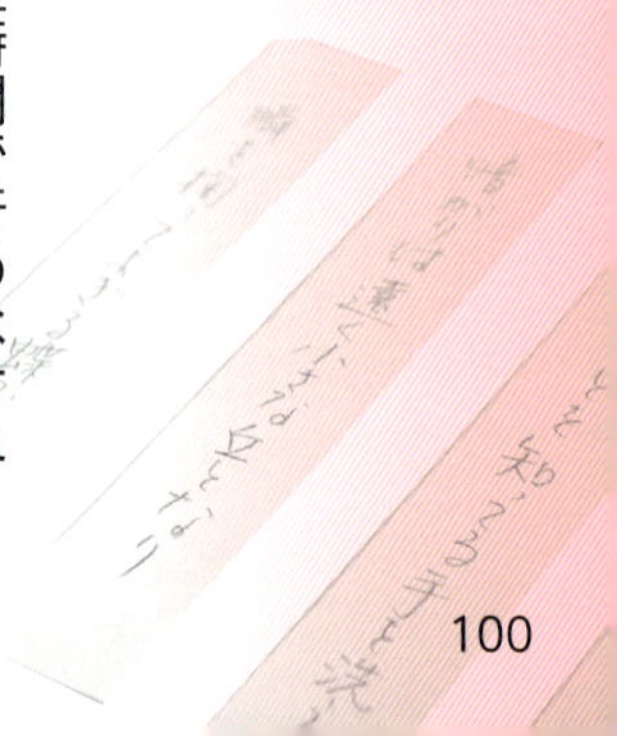

り成立している文芸です。その第一読者として位置する選者は、より深く句を読み込み、他の読者を良い作品世界へ誘う役割も担っています。

句会では、参加者の前で句を選び発表する披講を行います。句は一呼吸で読みあげます。変格の句は、言葉の区切りが五七五ではないので、聞いている参加者に意味が伝わるよう、気をつけながら読みあげなければなりません。一字あけの場合は一拍ではなく、半拍程度間をおき、リズムよく音読します。選者は作句や選出だけでなく、声を出して読むことにも長けていることが大切です。

作句のキーワード 題の決め方

題詠の場合の題は、選者やグループの代表者、世話役などが決めます。

題は名詞でも動詞でも構いませんが、五七五のリズムを取りやすいことがポイントです。短くて簡潔なわかりやすい言葉で、三音か四音を目安にします。

題を決めるときは、長いものや意味がわかりにくい言葉、詠み手が困惑してしまうものは避けます。「桜」など、季節感のあるものはつくりやすくなります。詠み手が創作しやすいことも配慮して決められるのです。

川柳を評価する

コツ 43

添削で技術を高める

雑誌や同人誌、ネットなどで、句の添削をしているものがあります。投稿をすれば、自分の作品を評価してもらえる良い機会になります。

添削は正解を示すものではなく、作句する道すじには別の方法もあります、ということを導くものです。数学とは違うので、答えは一つではなく、添削する人の数だけあるともいえます。

「て・に・を・は」一つ変えるだけでも句の表情が変化することや、ものの見方を反対側から見てみることなど、作者への視点の切り替え方や気づきを促します。

添削により俯瞰的視点を学ぶ

句を詠むときは、つくることに夢中になり入り込んでしまいます。主観的な思いが強くなると、共感を呼ぶ内容から遠くなってしまいます。添削は第三者の目から客観的視点を教えてくれるのです。

他人の句に対する添削であっても、専門家からのアドバイスは自分の引き出しが増え、作句技術を高めることになります。

評価の内容をよく読んで、より共感を呼ぶ表現は何か感じることが大切です。

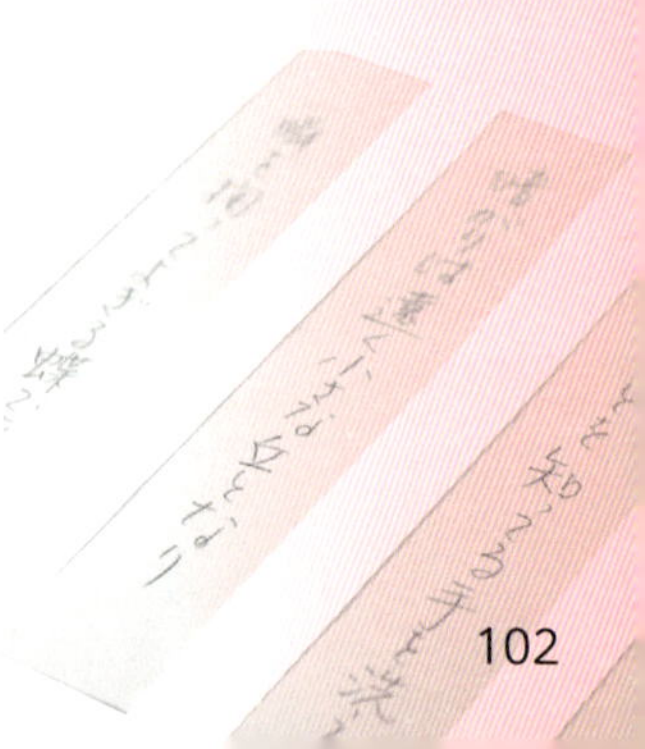

チェックポイント

添削を受ける前の推敲では、次のことに気をつけましょう。

- 自分の姿が句から見えるか
- 説明や報告になっていないか
- 言い訳や理屈っぽくないか
- 思い込みの強い句ではないか
- 意外性が織り込まれているか
- 標語になっていないか
- 内容を詰め込み過ぎていないか

ミニ添削

コツ44

句を添削する

ほんの少し言葉を替えたり、言いまわしを直すだけで、驚くほど句の印象が変わります。ここでは実際の句を例に、気になる箇所をどのように修正すると、より共感しやすい句に変化するのか、見ていきましょう。

テーマ1

川柳らしい視点を加える

ドラフトの生中継に息をのむ

←

ドラフトの生中継を肴にし

テレビを見ている作者のその時の情景が、表現されていますが、それだけでは物足りません。

下五を替えて「息をのんでいる」という作者より、「肴にして」いる方が、川柳作者らしい視点になります。

楽しくテレビを見ながら、その後の話題となることも予想させる、読後感が加わります。

テーマ2 音字数を整えてリズムを生み出す

今日の日をしっかり生きると深呼吸

→

今日の日をしっかり生きて深呼吸

促音の小さい「っ」は、一音字として数えるので、「しっかり生きると」では、中七が八音字になってしまいます。これを踏まえ、「ると」を「て」に直します。中七の音字数を整えることで、自然にリズムが生まれます。

同じ小さい文字でも「きゃ・きゅ・きょ」といった拗音は、それ自体で一音と数えます。

テーマ3 作り手の意志が伝わる句にする

燃えた日の記憶で今を生きている

→

燃えた日の記憶で今を生きてみる

「生きている」という現状報告を、「生きてみる」という作者の意志の表示にしてみます。現状報告ではなく、作り手の意志が伝わる句にすると、物語が完結せず、句の先へドラマが広がります。

テーマ4 言いたいことを明確にして臨場感を出す

アルバムを見れば歴史が鼓動する

↓

アルバムを見れば私が鼓動する

「歴史」は、おそらく作者の人生を表しているると思いますので、「歴史」を「私」に替えます。言葉を替えることで作者の人生が、より明確に伝わります。

アルバムを開いたときのドキドキ感は、「歴史」よりも「作者」とした方が、川柳らしくその思いを表すことができます。

テーマ5 標語にならない表現を考える

限りある物をば常に忘れない

↓

限りある物に私も仲間入り

道徳的なことをストレートに表現すると、川柳ではなく標語になってしまいます。もう少し自由気ままな、川柳らしい「遊び心」を取り入れた表現にしましょう。

「をば常に忘れない」を「に私も仲間入り」と、後半部分を替えます。自分も「限りある物」と喩えてしまうと、お説教ではなく、自分を笑い飛ばす楽しい川柳になります。

テーマ6 上五と下五を入れ替えイメージを強調させる

道祖神前垂れ新た年暮るる

←

年暮るる前垂れ新た道祖神

「道祖神」と「年暮るる」を入れ替えると、句の雰囲気が変わります。

最初に「年暮るる」とすると、年末の忙しさが浮かび、その後の「前垂れ新た」でお正月を迎える新年の風景を呼びおこします。最後に「道祖神」とすることで、読み手に、前垂れ（前掛け）をした道祖神の姿が強調され、はっきりとしたイメージが浮かびます。

テーマ7 読み手に想像させる言葉を使う

親鳥が雛を蹴落とす凄い世に

←

親鳥が雛を蹴落とす核家族

下五の「凄い世に」は、中七の「雛を蹴落とす」の説明になっています。親が子を大切にしないくらい、大変な世の中なんですよ、という解説だけでは、そうなんですかという、納得で終わってしまいます。

下五を「核家族」という言葉に替えて、家族がどうなっているのかという想像を加え、句のイメージが膨らむようにします。

テーマ8 思い切り開き直る

スクワットこの頃少しずる休み

↓

スクワットこの頃ずっとずる休み

川柳は、たった十七音字の世界です。遠慮せずに、思い切り開き直ってしまいましょう。「少し」という遠慮よりも「ずっと」の開き直り。これが川柳の魅力であり、読む人にインパクトを与えます。

テーマ9 詩的な世界に変える

運命をみな受け入れて白い骨

↓

運命をみな受け入れて白い梅

前に掲載の句に比べると、こちらは開き直り過ぎになります。「白い骨」という表現が、露骨で美しくありません。

運命という強い世界を詠んでいるので、同じ白でも「白い梅」にして詩的な世界に変えましょう。読み手が受け入れやすくなります。

テーマ10 主役になる言葉を考える

想うことひと色になる夜のしじま

←

夜のしじま　ひと色になる想うこと

元の句は、「夜のしじま」が主役になっています。直した句は、「想うこと」が主役になり、緊張感の高い句に変わります。

テーマ11 具象で断定表現をする

母が呼ぶ母は何処におわします

←

母が呼ぶ母によく似た水芭蕉

「母が呼ぶ」の表現は、よくある平凡なフレーズです。「何処におわします」という疑問形より、具象を使った断定をしてみます。「水芭蕉」の視覚的な世界が、母を思う気持ちを鮮明に伝えてくれます。

テーマ12 伝わりやすい言葉を選ぶ

屋根を打つ音を数えて独り夜

←

屋根を打つ音を数えて夜独り

「独り夜」というのは、伝わりにくい言葉です。素直に「夜独り」にしてみましょう。あまり、言葉にこだわると、相手に伝わらなくなってしまうこともあります。

テーマ13 時間を特定して想像力を膨らます

延命はいらぬと子等に伝えよう

←

延命はいらぬと子等に伝える日

「伝えよう」を「伝える日」にします。句の中で、時間を特定すると、ドラマティックな展開になります。「伝える日」にすることで、その日はどんな日になるのか、どんどん想像が膨らみます。

テーマ14 一字あけで意味をわかりやすくする

汽笛の音悔いも残して年は明け

←

汽笛の音　悔いも残して年は明け

「音」と「悔い」が連続すると、「音悔い」と読んでしまい、何を意味するのかがわかりにくくなります。一字あけることで、句の意味が伝わりやすくなります。

テーマ15 音読して句のリズムを確認する

心の奥底で解けぬ固結び

←

固結び心の奥で解けない

この句のように、下五を句の頭に持ってくることにより、リズムが取れることがあります。音読をすると、五七五のリズムがわかりやすくなるので、声に出してリズムをチェックすることも大切です。

テーマ16 具象を使い伝わりやすい表現にする

時計針　過去に戻れと念を入れ

←

時計針　過去に戻している小指

「念を入れ」という表現が、わかりにくいです。目に見えない動作は、「小指」という具象で、目に見える動作に替えると、作者の句に託した思いが伝わりやすくなります。

テーマ17 想像力が広がる表現を使う

鍋磨く止まぬ怒りでピッカピカ

鍋磨く止まぬ怒りの乱反射

「磨く」ことの結果となる「ピッカピカ」から、一歩踏み出して「乱反射」にします。どこへ乱反射するのか「怒り」の矛先が広がります。

テーマ18 句にメリハリをつける

母の眼に光眩しき初夏映り

→

母の眼に光眩しき初夏のあり

「初夏映り」では、目に映るという当たり前で説明的な表現になります。「初夏のあり」にすることで、小さな母の眼の中に、大きな初夏がある。小さな世界と大きな世界の組み合わせは、句にメリハリを生みます。

テーマ19 語順を変えて感情表現をクローズアップさせる

淋しくて人恋しくて電話する

淋しくて人恋しくてする電話

「電話する」で終わるのは報告で、散文的になりリズムが生まれません。語順を変え「する電話」にして、淋しさをクローズアップさせます。

ずんずんとカミナリ様が恋をする

杉山昌善

PART6

川柳の楽しみ方

川柳は仲間が集い、句を詠み、お互いに鑑賞する楽しさがあります。PART6 では、川柳愛好者が集まる場を紹介します。句会や雑誌などの誌面、インターネットのサイトなど興味のあるものをチェックしてみましょう。章末には、杉山昌善と文学博士のヒックス・ジョーゼフさんとの「Senryu対談」を紹介しています。

作品を発表する

コツ45 自分の句を人に読んでもらう

句をつくったら、まず人に読んでもらいましょう。家族や友人など川柳に詳しい人でなくても構わないので、読んだ感想を聞いてみます。相手のリアクションから、自分の作品を客観的に見ることができ、次の作品づくりへのステップにもなります。

もともと川柳は座の文芸といわれ、複数の人が集まって句を詠み、お互いに感想を述べ合うことを楽しむスタイルを持っています。人がつくった句から、新たなインスピレーションを感じたり、また自分の句を鑑賞してもらえたり、仲間との交流を愛好する娯楽でもあるのです。

自分の作品を発表する場を探す

川柳に親しむ人々の集まりを柳社といい、地域のサークルや有志の団体など、様々な所にあります。

作品を発表する場という意味では、同人誌や会員誌、雑誌、インターネットなどもあります。また、企業や自治体などでテーマに沿った句を募集していることもあるので、腕試しをすることもできます。

自分のスタイルに合う発表の場を見つけて、作句レベルの向上をはかっていきましょう。

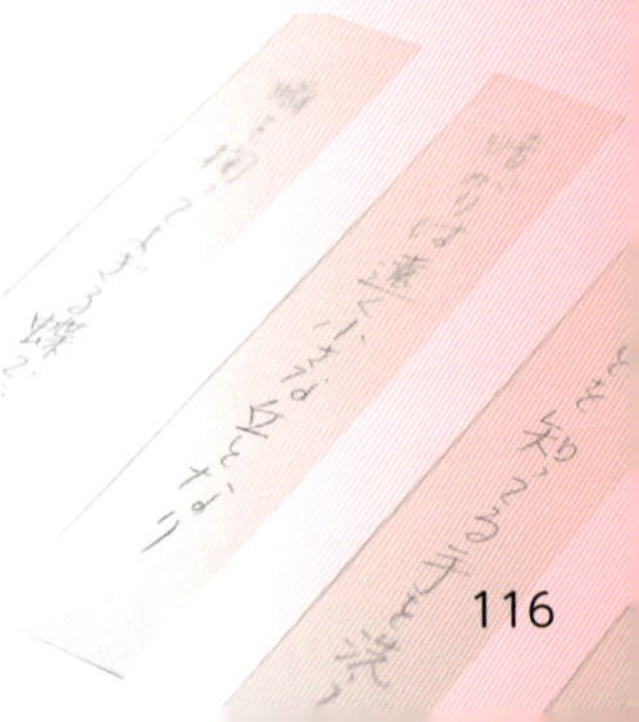

川柳世界での名前を考えてみよう

句を発表するときには、作者の名前を記載します。本名でも構いませんが、柳号《りゅうごう》というペンネームを使ってみるのも良いでしょう。

歴史小説家の吉川英治は、小説家として売れる前は川柳作家として「雉子郎《きじろう》」という柳号を名乗っていました。この柳号は、「焼け野の雉《きぎす》夜の鶴」ということわざに由来しているのです。

その意味は、棲む野を焼かれたキジは、炎の中で子を守り、ツルは寒い夜に自分の羽で子を温めるという、親が子を思う深い愛情を喩えた内容です。

このように風雅な柳号をつける場合もありますが、句と一体になるものですので、自分の川柳の文芸性を表すようなものにしましょう。「〇〇ちゃんママ」などというふざけた柳号（ペンネーム）は、せっかくの佳句を台無しにしてしまいます。

コツ46

句会に参加してみる

句会に参加してみようと思ったら、まずどんなグループがあるかを探します。

川柳の書籍や雑誌、句集などには、愛好家のグループ名や柳社、句会の開催日時・場所などが紹介されています。自分の気に入った作家が在籍している、時間や場所の都合が良いなど、自分に合う団体に問い合わせをしてみましょう。

句会には世話役がいますので、連絡時に詳細事項や疑問点を確認します。

事前につくる兼題
当日つくる席題

通常、参加前に兼題が伝えられます。兼題とは事前に句をつくっておく宿題です。どんな句を何句つくるのか、確かめておきましょう。兼題に対し、句会の場でつくるのは、席題です。会場で題が出され、その題に沿ったものをつくります。

兼題は何日も考える時間が与えられていますが、席題は即興性が求められます。初心者にとっては少し難しいかもしれませんが、うまく句がつくれない場合は、提出しなくても構わないので、リラックスして臨みましょう。

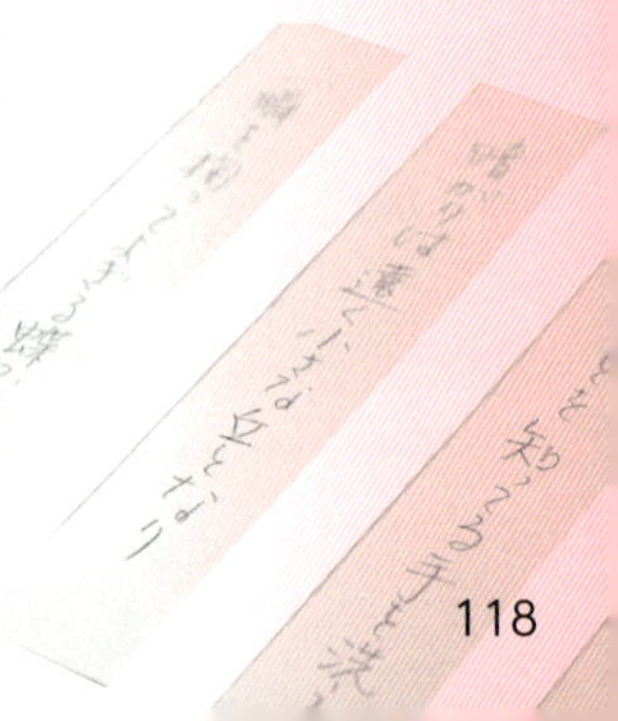

川柳の詠み方
題詠と雑詠

川柳を詠む方法には、題詠と雑詠があります。題詠は与えられた「題」（テーマ・ヒント）から発想して詠みます。題の言葉は入っていていなくても構いません。雑詠は特定の題に関係なく、自分の詠みたい思いを自由に作句します。句会や公募川柳などで主に行われるのが題詠で、同じ題で人と句を競う座の文芸としての川柳が好きな人に向いています。

また、題をヒントにできるため、初心者にも発想しやすいでしょう。

雑詠は発想の元が自分の思いなので、自分自身を深く見つめるのが好きな人に向いています。怒りや哀しみなど感情が昂ぶっているとき、また町中で不意に、など生まれる瞬間は様々になります。

句会では、題詠や雑詠が出されます。普段から自分なりにテーマを決めて句を詠む、または自由な発想で詠むなど、題詠や雑詠で句をつくる練習をしておきましょう。

コツ47
句会の流れを知る

句会には、鉛筆などの筆記用具や、あると役立つ電子辞書、国語辞典などを持参して、参加しましょう。

当日は、受付で会費を支払うなど所定の手続きを済ませます。受付では句箋という細長い短冊型の紙を渡されますので、その句箋につくってきた兼題（宿題）の句を鉛筆で記載します。

句は、文字間をあけず、一行を一本の棒のように記します。一字あけやルビなどが必要な場合は、記しておきます。鉛筆を使う理由は、参加者が全員同じ筆記用具を使うことで作者が特定されることを防ぎ、平等性を保つためです。

句箋には句のみを記載し、自分の名前もしくは柳号は記載しません。選者が無記名の状態で句を選び、発表の段階で作者が判明します。

普段と違う環境で句を詠む

会場では、席題が出されます。その場で、何を何句つくるかということが指示されます。目安としては、五題を二句ずつ二時間くらいの間につくります。席題の場合も兼題同様、句箋には句のみで名前や柳号を記載しません。

席題は試験のような緊張感もあり、普段家で

一人でつくるときとはまた違った気持ちになります。席題は、つくれなければ提出しなくても構いません。まずは、練習だと思って即興でつくる環境を楽しんでみましょう。

良い句の選出と発表を聞く

席題の締め切り時間が告げられ、句を提出した後、選者は良いと思った句を選出します。

選が終わると、披講《ひこう》になります。披講は、選出した句の発表となり、選者が句を読みあげていきます。自分の句が読み上げられたら、大きな声で自分の名前または柳号を発声します。このことを呼名（こめい）といいます。

自分の句が選ばれない場合もありますが、読み上げられた句を聞いて、自分の句との違いやその作品の良さを感じてみましょう。

句会の後には懇親会がある場合もあります。リラックスした雰囲気で、川柳について話ができます。会場では聞けなかったことや普段疑問に思っていた作句に関することなど、いろいろな話をすることができます。川柳を愛好する人達の集まりですので、共通の趣味で話が盛りあがり、仲間ができる楽しい時間になります。

句会参加後には、句会の内容がまとめられた会報が送られてきます。自宅の落ち着いた空間で再度作品を鑑賞してみましょう。

句会のチェックポイント

・鉛筆や消しゴム、電子辞書などを持参する
・会費を払う
・兼題を提出する
・席題を作成し、提出する
・披講で良い句を鑑賞し、勉強する
・不安な点や疑問点は世話役の人に気軽に質問してみる
・川柳に親しむ仲間との集まりを楽しむ

コツ48 自分の句を投稿してみる

句会の他にも自分の作品を発表する場はあります。雑誌や新聞、会員誌、同人誌、インターネットのサイトへの投稿、または企業や自治体などでイベント的に募集している川柳企画への応募などです。

投稿する際には、募集要項をよく読みます。題詠か雑詠なのか、未発表の作品に限られているか、柳号の文字数制限があるかなど、それぞれ既定のルールが設けられています。せっかく良い作品をつくっても、ルールに沿っていないばかりに選出されないことにならないよう、気をつけましょう。

誌上添削があるものに投稿すれば、自分の句の良い点や悪い点を専門家の視点から評価してもらえる、良い機会になります。

気軽に参加できるインターネットサイト

インターネット上の川柳サイトでも、投稿を受け付けているものがあります。場所や日時に関係なく気軽に参加できるメリットがあり、掲示板やメールなどで、疑問点に回答してくれるものもあります。

コツ49

Senryu対談

現代川柳は世界に通用する文芸

長年、日本で教鞭をとり文学博士という肩書きもあるヒックス・ジョーゼフさんには、杉山昌善の現代川柳を英訳した「Senryu（アメージング出版）」という著書がある。このなかで句を提供したことから、同氏と親交がある杉山昌善が、現代川柳の魅力をテーマに対談した。

―ジョーゼフさんと川柳との出会いは？

ジョーゼフ…R.H BLYTHが書いた「JAPANESE LIFE&CHARACTER IN Senryu」という本を読んだのがきっかけです。五七五という制約のなかで、短い句を使って豊かな表現ができることに感銘を受けましたね。

杉山…これは主に江戸時代の川柳を訳したものですが、まず当時の文化を理解していないと、句の解釈もわからないでしょう。そのために江戸文化を解説しているので、とても分厚い本になってますね。

ジョーゼフ…１９７８年、私は広島大学の大学院で心理学を学んでいました。そこで小川教授のゼミでは川柳を読み、自分でも詠むように、という話がありました。「心理学と川柳」、とても面白い組み合わせでしょう（笑）。でも理由があるんです。

俳句は、景色や情景を句材にして詠むもの。

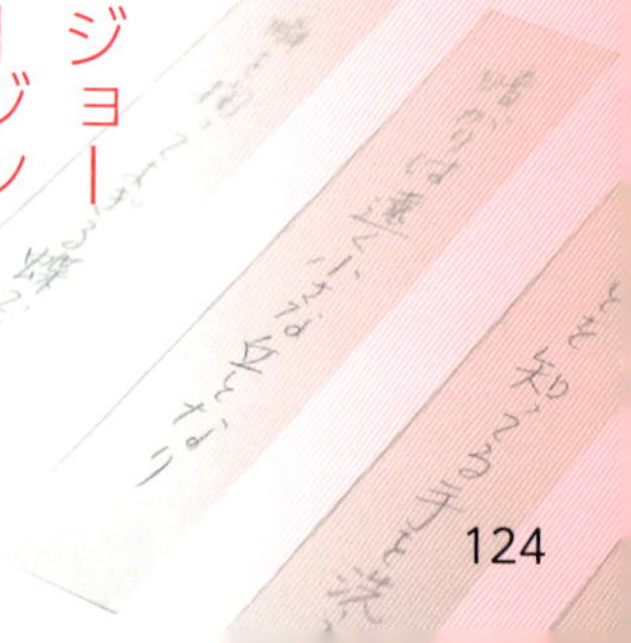

これに対し、川柳は人間がメインです。人の心の部分をうまく表現するには、人間観察がとても大切です。これは心理学に通じる部分ですし、川柳を詠むことで人間の本質的なところが見えてくる、ということではないでしょうか。ところで杉山さんの川柳との出会いは?

杉山…私は、時代劇・刑事物のテレビドラマの脚本を書いていたんですよ。ドラマ創りは好きでしたが、脚本は、監督、プロデューサー、役者との共同作業ですから、「ああしろ、こうしろと」、いろいろな注文が入る。準備稿から決定稿まで直しの連続だし、徹夜で缶詰で執筆なんてざら。(笑)

そんな仕事に少しうんざりしていたときに、時実新子の現代川柳と出会ったんです。

杉山昌善の現代川柳を英訳した「Senryu」を手にするヒックス・ジョーゼフさん。

雨の日のダイヤル通じそうで切る　新子

この句の解説に、現代川柳は十七音字の人間ドラマという言葉を目にしました。そうか、この世界なら誰にも文句を言わせず自分のドラマが創れると、即座に飛び込んだんです。自分の句は、自分だけの物。誰の指示も受けない、「一句一城の主」です。

そこから時実新子が、週刊アサヒグラフで連載していた「川柳新子座」に投句し、何度か選ばれるうちに、時実新子主宰の柳誌である「川柳大学」へのお誘いをいただき、弟子になったんです。

―そんなお二人は、世界に向けて現代川柳(Senryu)の魅力を発信しています。

ヒックス・ジョーゼフ
米国ラーグレンジ大学心理学科卒。広島大学教育学部博士課程修了。文学博士。桜美林大学教授、国際担当副学長、桜美林中学校長、立命館アジア太平洋大学名誉教授、立命館宇治中学校高等学校校長など。

ジョーゼフ…立命館アジア太平洋大学で教授をしていた頃、同僚に杉山さんの高校時代の友人がいたんですね。通勤バスの中でたまたま川柳の話題になったとき、杉山さんの存在を教えていただきました。

杉山…これまで伝統川柳などを英訳した本はありましたが、現代川柳を訳したものは恐らくないんじゃないかな。そんなことをジョーゼフさんに話したら、トントン拍子で話が進み、現代川柳の英訳本を出版する機会に恵まれました。

―英訳するにあたって難しい点はありましたか？

ジョーゼフ…現代川柳と江戸の川柳では大きく違います。現代川柳の方が普遍的で意味も訳しやすいんですね。

杉山…そもそも短詩文芸の日本語の表現の翻訳は、簡単ではありません。例えば、俳句の「季語」や「切れ字」もそうですが、時事川柳や語呂合わせ、駄洒落の英訳はさらに難しい。現代川柳だからこそ、良い英訳ができたんじゃないでしょうか。

ジョーゼフさんには、「自分で感じた詩を作ってください」とお願いしただけです。俳句の英訳のようにルールで制約を設けないのが現代川柳ですから。

―同書では、魅力的な句がたくさん訳されています

ジョーゼフ…現代川柳には、特別な世界感があると思います。何かを理解するために、まず見て、笑って、微笑んだりする。そうすることで、全てのものを理解し、許すことにつながっていく。杉山さんの句を読んだら、「相手を理解する、相手を理解したい」という気持ちが表現されています。男女の違いがあっても、相手のことを理解しようと思う、とても大切な考え方ではないでしょうか。

杉山…現代川柳にも、「表現派」と「ストーリー派」というふたつのジャンルがありますが、私はストーリー派の句をつくっています。ストーリーなら、そのドラマ性は世界の共通語ですし、共感されやすいのではないでしょうか。この個性がジョーゼフさんに共感され、英訳の大きなヒントになったと思います。

―今回の対談テーマは、「現代川柳は世界に通用する文芸」です。

ジョーゼフ…何か辛い出来事があった時でもポジティブな要素を付け加え、笑いに変えられる。川柳の精神はとても素晴らしいと思います。これは「笑って許す、癒す」という川柳の精神につながってくると思いませんか。

杉山…そうですね、現代川柳は「癒し」なんです。他人も癒し、自分も癒す。伝統川柳のようにユーモアで風刺をしたり、世相を批判するのではなく、他人を傷つけないっていう大前提があるんです。

ジョーゼフ…句を詠むことで、ときには自分をフォローして少し楽になることもあるでしょう。つまりヒーリングですよ、現代川柳にはヒーリングパワーがありますね。

■「Senryu」で紹介された句（一部抜粋）

"And as if He didn't know any better"! God created Man.
人間を創りて　神の知らんぷり

This was just luck and that was just luck; According to the wife.
あれも運これも運だと　妻が言う

In paintings of war the eyes of the horses are so mournful.
戦絵に描かれた馬の眼の哀し

She gave me a Lacoste; Then she devoured me.
ラコステをプレゼントされ捕食され

Rabbits and married couples; Very poor listeners indeed.
聞く耳を持たぬ兎と夫婦です

Tough guy! Little toothpick; holding that cabbage roll together.
偉いなあロールキャベツの爪楊枝

Pained pulsations coming from a heap of unsold paintings.
売れぬ絵の山どくどくと脈うって

Just when did we win?, Just when did we lose?, Fading into twilight.
いつ勝っていつ負けたのか黄昏れる

たいていの恋は歩いて去ってゆく

杉山昌善

哀しみを歩けば見えてくる海よ

川瀬晶子

PART7

詠む人で変わる川柳の魅力

PART7では、同じ題を二人の作家が詠んだ作品を紹介します。男性と女性による視点の違いや、人生経験、個性の違いなどが表れています。繰り広げられる二種類の世界を感じてみましょう。

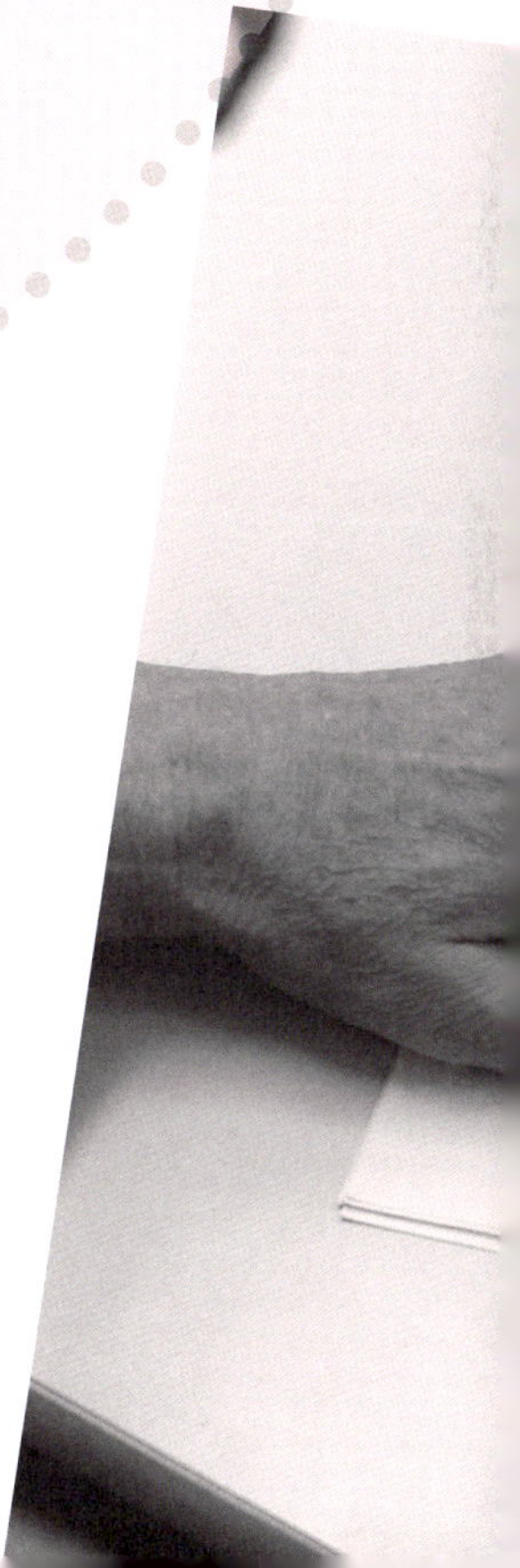

コツ50

男女で詠み合う楽しさを鑑賞する

俺ですよ栗の保身の中に棲む　昌善

栗を剥く誰も帰らぬ夜である　晶子

川柳には、一人ではなく誰かと一緒に詠むという楽しさもあります。題詠のように同じ題（テーマ・ヒント）に対して相手とともに作句をします。そして、できあがった作品をお互いに鑑賞してみるのです。

題に対する切り口や視点の違いなど、作品を味わうとともに、句に表れた作者本人の人柄をよりよく知ることができます。

同じ題を男と女が詠むとどうなるのでしょうか。本書監修者の杉山昌善と現代川柳「かもめ舎」主宰の川瀬晶子による、現代川柳作家同士の詠み合いを紹介しましょう。

表題の句の題は「栗」です。栗を自分自身に重ね合わせ擬人化して表現するロマン的な男性に対し、栗はあくまでも栗であるとし、食材として捉えている現実的な女性。

男性の句は「俺」という言葉を使い男の存在を主張しながらも、下五で栗に棲む虫を想像させています。強いアピールをしつつ、所詮自分は小さな存在です、という締めくくりには、切なさを軽妙さで包んだ川柳らしさを感じます。

一方で女性は、栗からキッチンという女性の世界へ誘います。この句を読んで良妻賢母を思い浮かべるのは男性。女性の読み方は少し違うはずです。栗を剥くような手間のかかる作業を一人でするときに、女性は家族のことだけを考えているわけではありません。秋の夜長、夫以外の誰かを想っているのだと言っても、女性なら当たり前のように頷くでしょう。


男女による句の詠み比べは、感性の違いを感じることができます。自分やまわりの男女の姿を重ね合わせ、共感できる部分を味わうのも良いでしょう。

また、二人の作家が詠む題詠はどのような作品になるかを鑑賞するのも参考になります。題をどう解釈し、どんな視点を切り口としているのか。さらにどんな言いまわしや言葉で伝えようとしているのかなど、作句のお手本になります。

題 羽

片羽のままの温さで君を抱く

昌善

好きだから背中の羽を切ってます

晶子

晶子　元天使が羽を背中に隠しているんです。人を好きになると、人間にならないといけないから、自分の羽をバッサリ切るという設定。

昌善　全部切ってしまうところが、女性らしいね。男は両羽を切る勇気はないから、未練で片羽だけ残しているんだよ。

題 鯉

泥水に慣れ親しんで鯉のまま　昌善

鯉跳ねて胸のあたりが重くなり　晶子

晶子　鯉は同じ音だから、恋に通じてます。鯉が跳ねるのは雨が降りそうなときだから、曇り空の鬱陶しさと恋の行方の危うさを重ねています。

昌善　鯉を捕まえて遊ぶ体験から発想しました。鯉に対する少年と少女の違いが出てます。未来を見ている晶子さんと現状維持の私を表していますね。

題 玩具

還暦を過ぎて棲んでるおもちゃ箱
昌善

哀しみを玩具にしてる橋の上
晶子

昌善
哀しみをおもちゃにしているのが、したたかですね。女性の句は、意外と男性がそばにいることを感じます。男は一人でおもちゃ箱に入ってしまうんですよ。

晶子
橋の上で哀しみを玩具にして、このまま死んでしまおうか、と相手と話している感じかな。

題　リンゴ

ひとり居の私の前の毒リンゴ　昌善

別れ時リンゴを一つ置いてゆく　晶子

昌善　男はリンゴを置かれてしまう、受け身的で嘆いている感じだけど、女は置いて行ってしまう、発想の違いですね。

晶子　去っていきますが、置いていくのは、毒リンゴではなく、おいしいリンゴですよ。

昌善　置いて去っていくのは、女の強さですね。

題　鬼

鬼だけど結婚もし子もいます　昌善

温燗《ぬるかん》の人間臭い鬼ばかり　晶子

晶子　二人とも自分を鬼に喩えています。鬼になりきれない自分という表現が共通していますね。温燗は中途半端なイメージを表す具象です。

昌善　鬼に憧れるけれど、絶対になれない、「だけど」にその思いが込められています。お互いに鬼と言いながら、人間臭い部分がありますね。

題 字

剣呑な一字となった「愛」である　昌善

草書にて母は怒っておられます　晶子

昌善　私は「字」からラブレターを発想して恋愛を詠みました。男女というより、個人の違いを感じる発想ですね。

晶子　私も手紙からの発想ですが、書体というビジュアルを切り口にしました。草書の達筆とくれば、お叱りの文面に決まっています。

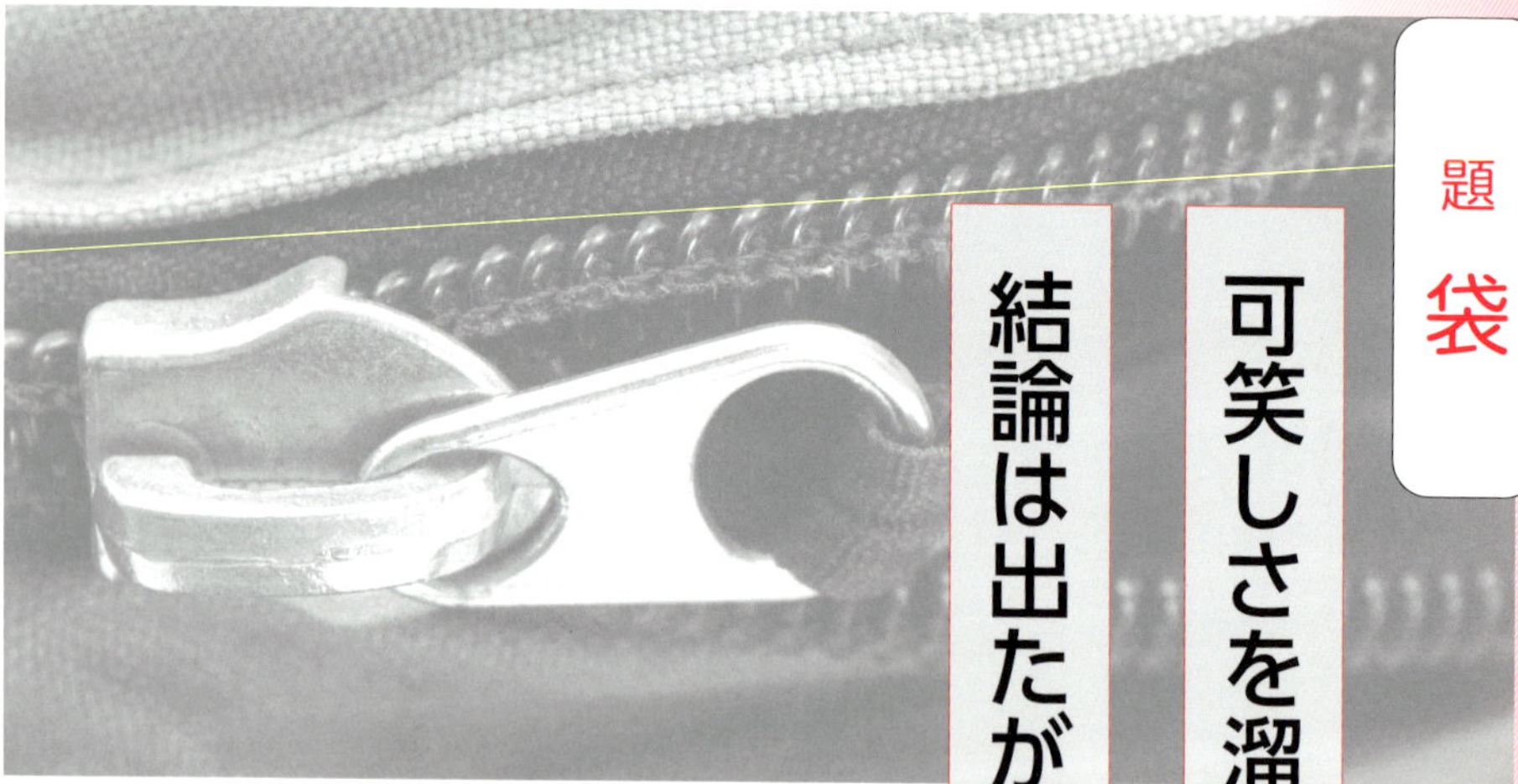

題　袋

可笑しさを溜めて哀しい頭陀袋

昌善

結論は出たが深夜の袋菓子

晶子

昌善　袋といえば頭陀袋、感覚的というより頭で考えてつくっている発想です。何を入れたら面白いか、袋の中に入れて哀しいものはなんだろと考えて楽しんでます。

晶子　むしゃくしゃして、深夜に無性に食べたくなるポテトチップスって感じです。

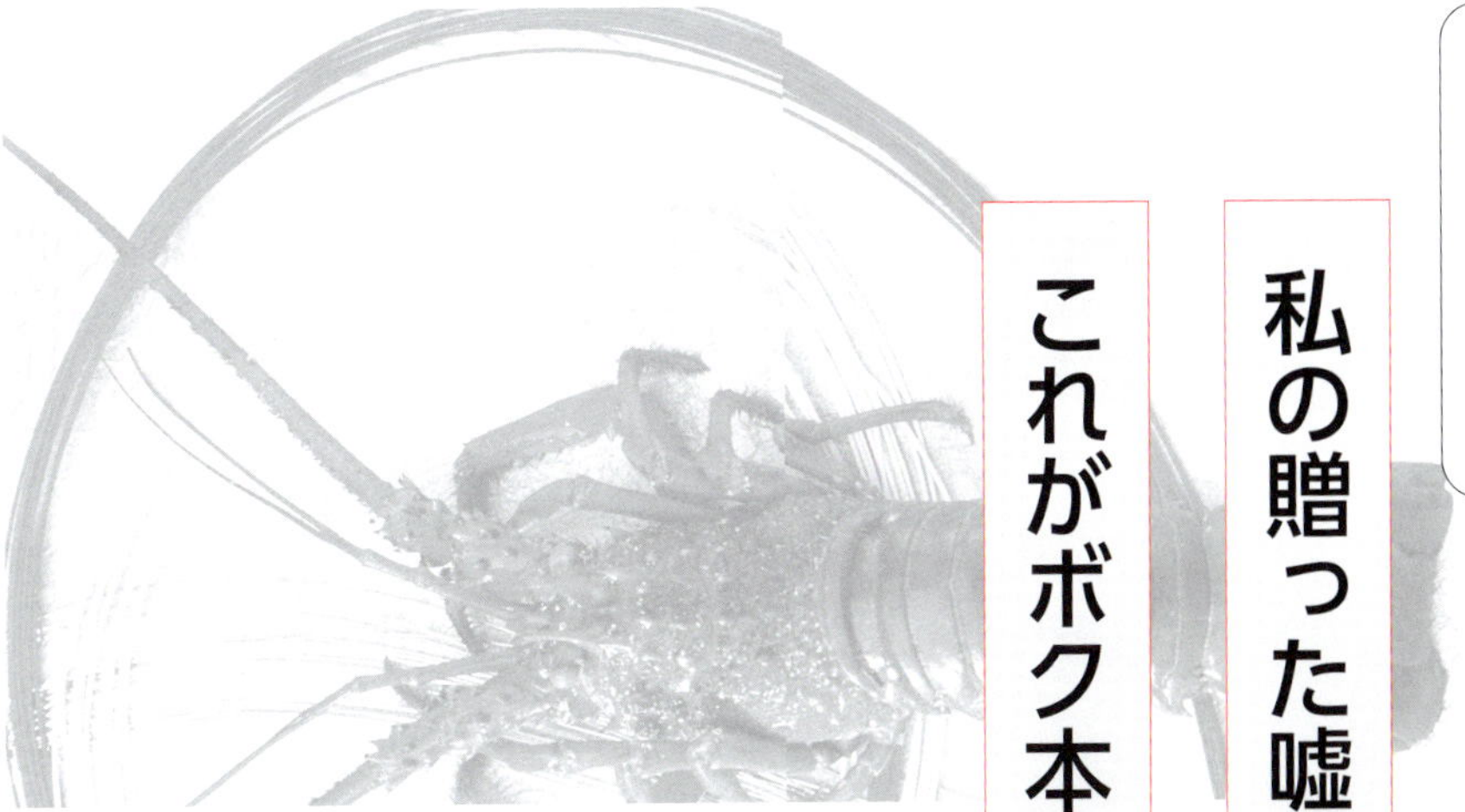

題 贈る

私の贈った嘘を返される
昌善

これがボク本百冊を贈ります
晶子

晶子 自分のことを知ってもらいたい気持ちはわかるけど、本なんか贈られてもね。しかも百冊も。勘違いしてます、ということを伝えてます。男は贈る側、女は貰う立場ですね。

昌善 男はネガティブで、贈っても返されたい願望みたいな、自虐的なところもあるんですよ。

題　トランプ

ジジ抜きもババ抜きもある退屈さ　昌善

私のジョーカー君が持っている　晶子

昌善　ジジ抜きやババ抜きされた無力感を詠んでます。

晶子　私も発想はババ抜きですが、ジョーカーが切り口。切り札は君が持っていますよ、私は君次第なのよということを表しています。

昌善　女性の作者が「私のジョーカー」と詠むことで、現代川柳の味わいが出てますね。

題 **結ぶ**

ほどけない結び目ばかり父の道

昌善

結び目を解けば優しくなる影よ

晶子

昌善 二人とも「結ぶ」から、結び目が出ましたね。

晶子 人と人との結び目は、悪くすると関係を硬直させてしまうこともあるでしょ。たまに解いて弛めることも必要かなって。

昌善 私は父の心情です。子との結び目に、ほどけないもどかしさを感じて嘆いているんですよ。

題 貝

ポケットにアンモナイトの恨み節
昌善

父さんの小言始まるシジミ汁
晶子

昌善　何億年も前のアンモナイトの化石を見ていると、何か言いたいことあるんじゃないかって感じましたね。貝は貝でもアンモナイトで、サイエンスフィクションの世界。

晶子　私はホームドラマの世界です。貝からシジミ汁で、一家が揃う朝食のイメージです。

題　星

しぶしぶと罪を認めて流れ星　昌善

満天の星よ　私はここにいる　晶子

晶子　星と私という対比です。私はここ（地上）にいます、見つけてくださいと、満天の星の中のただ一つの星に訴えているんです。

昌善　星に呼びかける晶子さんに対し、流れて消えてしまう流れ星です。流れ星に切ない心情を託してます。

コツ +α

川柳Q&A

川柳人の疑問、悩みを解決

作句にあたって様々な疑問点が生まれるでしょう。ここでは、表現方法や言葉選びについての陥りがちな悩みに回答していますので参考にしてください。疑問を解消できれば、より豊かな川柳を詠めるようになるでしょう。

Q1 初心者が陥りがちな誤りはありますか?

A1 最初のうちは説明的な句になりがちです

わかりやすさを重視するばかりに、情景の説明に終始する句になってしまうと読み手としては物足りなく、感動もありません。こういった句を「説明句」といいます。

川柳は頭でつくらず、心でつくるのがコツです。

Q2 作句の際は句箋を使うべきでしょうか？

A2 ノートやパソコンでも構いません

句会では句箋という短冊型の用紙に句を書いて投句します。

しかし、一人で作句したり推敲する際にはノートに書いてもいいですし、パソコンで打ち込んでも結構です。

自分が最も取り組みやすく、楽しめる方法で作句しましょう。

Q3 句箋にはボールペンで書いても良いですか？

A3 いいえ 鉛筆を使いましょう

句会では鉛筆が使われます。筆記用具を持参する際には鉛筆を用意しましょう。

また、ほかの人が読みやすいように楷書で書き込むことも大切です。綺麗な字を書こう！と意気込むことはありません。読み手に伝えることができれば十分なのです。

Q4 表現が単調で平凡になってしまいます

A4 意味が対立する言葉を使いましょう

一つの句の中で、対立する二つの言葉を使うと、ドラマ性が出てきます。ポジティブな言葉とネガティブな言葉を響き合わせると、対立が生まれて緊張感や危機感が生じるのです。そのことにより、読み手が一歩踏み込んできて、共感を呼ぶ内容になります。

Q5 当たり前な内容ばかりで面白味のある句が詠めません

A5 当たり前の中に意外性を加えてみましょう

具象に対して、それにそぐわない言葉を加えるなど、意外性のある句にしてみましょう。それだけで、内容的には当たり前でも読み手にとっては面白味のある句となります。

しかし意外性ばかりを追い求めるのはいけません。句の世界を崩さない程度の意外性を心がけましょう。

Q6 川柳をユーモラスにするためのポイントは何ですか?

A6 客観的な視点で自分自身を笑って楽しみましょう

ユーモアのある句は、客観的に自分自身を笑うような表現を意識しましょう。

他人のことを笑うよりも自分自身についての面白さや滑稽さを描いた方が、読み手に楽しい印象を与えたり、「自分もそうかもしれない」という共感を呼んだりします。

Q7 言葉を選ぶときに迷ってしまいます

A7 あれこれ考え悩むより思い切ることも大切

いくつかの言葉が思い浮かび、どれにしようか迷いが生じたら、思い切ってそれらの言葉をやめてしまう、またはその句をつくることから少し離れてみることも一つの方法です。

川柳を詠むときには勢いも必要なので、迷ったときには思い切る気持ちも大切です。

Q8 流行りの言葉やフレーズを使ってもいいのですか？

A8 誰もが理解できるものか確認しましょう

流行語や新語などその時代に生まれた言葉の場合、誰もが理解しているものであれば使ってもよいでしょう。

方言や造語なども認知度が高く、意味がすぐにわかるものであれば、読み手に親しみやすさや面白さを与える効果が出ます。

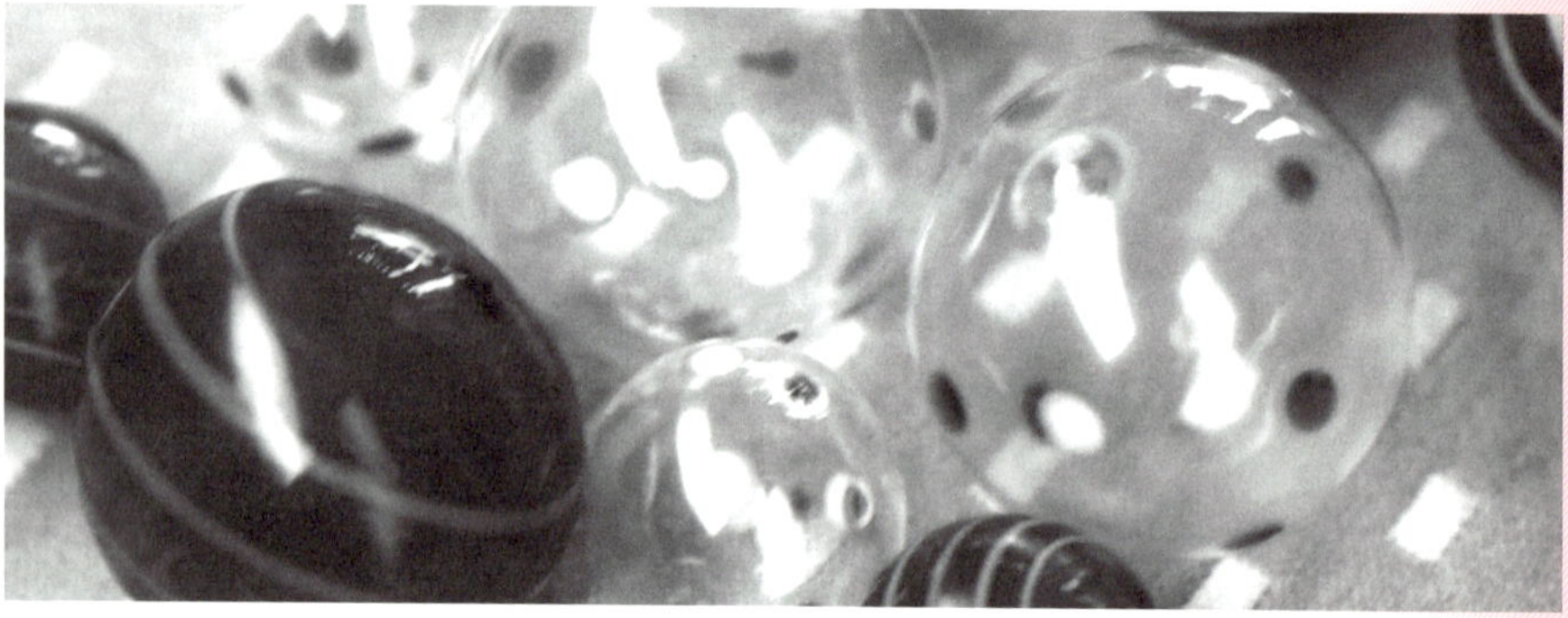

Q9 読み手が納得できる作句を心がけるべきですか？

A9 理屈っぽい句では感動させられません

読み手を「なるほど」と納得させられる句は一見うまくできているようですが、感動させることはできません。それは理屈が前に出ているために、肝心の心の動きが見えないためです。

読み手を納得させることに主眼をおかずに、自分と向き合って作句する意識を持ちましょう。

Q10 句の表現に注意すべきポイントはありますか？

A10 「〜から」という言葉の使い方に注意しましょう

「〜だから」「〜するから」という表現は、理屈先行の句になってしまいます。句の中で答えが出てしまい、感動が生まれにくいのです。

注意するポイントの一つとして、理屈先行の表現にならないように、「から」という言葉の使い方に気をつけましょう。

Q11 伝えたいことがすべて一句の中に入りきりません

A11 要素過多にならないよう伝えたい内容を絞りましょう

一つの句に多くの要素を詰め込むと、意味が分散してメッセージが弱まってしまいます。伝えたいことは一句に一つにしましょう。内容を絞ることが大切です。

伝えたいことがたくさんあるのであれば、その分だけ別の句を詠みましょう。

Q12 言いたいことがわからないと言われてしまいました

A12 2つ以上の具象を含めると伝わりづらくなります

句に具象を複数含めてはいませんか? インパクトのある言葉が2つ並べられると句意をつかみづらくなるので注意が必要です。

また、それが反対語であっても伝えたい内容がわかりづらくなる場合があります。読み手の立場になって推敲しましょう。

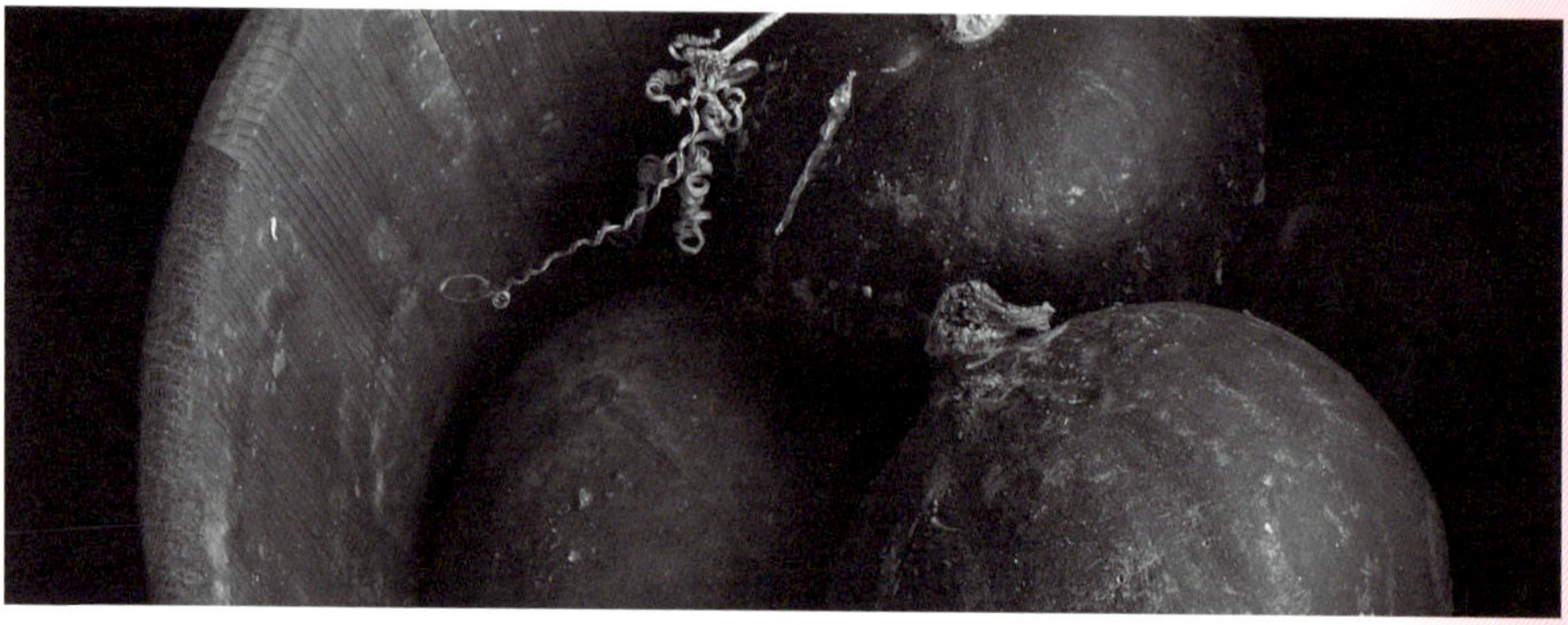

Q13 人と似た句ができたときどうしたら良いでしょう?

A13 作者同士で話し合って譲り合いましょう

川柳は文字数の少ない文芸形式であるため、似た句が生まれてしまうことがあります。これを類句といい、生まれてしまった場合には作者同士で話し合い、先に創作した側の句としましょう。

良心に委ねられるものなので、譲り合う気持ちを持ちましょう。

Q14 いつもどこかで聞いたような句を詠んでしまいます

A14 第一発想を捨てましょう

どこかで聞いたような句を詠む場合、発想が面白味のない当たり前のものになっていないでしょうか。最初に思い浮かぶありふれたイメージから、一歩進んで別の角度から着想することをしてみましょう。

第一発想を捨てると、意外性のある魅力的な句がつくれるでしょう。

※30ページ参照

Q15 雑詠と題詠ならばどちらを優先して取り組むべき？

A15 優劣はありません 好きな方で詠みましょう

与えられた題に沿って詠む題詠と自由に思いを詠む雑詠には、優劣はありません。人によって得意不得意があるので、自分の好きな方で詠むべきです。

また、どちらかに専念する必要もありません。どちらも楽しんで、多くの作品を詠みましょう。

用語紹介

一字あけ

五七五の間に一字分のスペースをあけて区切ること。時間経過を表現したいときや、間に一拍入れたいとき、漢字またはひらがなが続いて意味を誤解されそうな場合に用いる。

穿ち

川柳の三要素のひとつ。穴をあけることから転じて、表面的には見えづらいもの、見落としがちな事実を掘り起こして示すこと。事や人情の核心に巧みに触れること。

軽み

穿ちと同じく、三要素のひとつ。爽快で気が利いていることを示す。さりげなく洒落を利かせて、句に深い奥行や広がりを感じさせること。

オノマトペ

物が発する音を字句で表す擬音語（例・ドキドキ、にゃんにゃん）と、音を発しない感情や状態を表す擬態語（例・シーン、たっぷり）の総称。擬音語。

上五

十七音を五七五の三句態に分けた最初の5音。「初五」といわれることもある。

切字

「や」「かな」「けり」「し」「ぞ」といった古語表現。主に俳句で用いられるが、川柳でもよく使われる。

句会

複数の人が集まり、投句された句が選者によって選定、発表される会。

具象

具体的な物、形の見える物のこと。句の中に用いることによって、読み手が句の世界をイメージしやすくなる。

兼題
句会などで、前もって出される題のこと。またはその題でつくられた句。

雑詠
自分の詠みたい思いを自由に作句する方法。

下五
十七音を五七五の三句態に分けた最後の五音。「座五」といわれることもある。

自由律
定型律にこだわらない自由な言葉のリズム。「非定型」といわれることもある。

心象
心の中に描き出される姿、形。心に浮かぶ像、イメージのこと。

席題
句会などで、その場で出される題のこと。

題詠
与えられた題を元にして川柳を詠む方法。

定型律
五七五という川柳の定型のリズム。

中七
十七音を五七五の三句態に分けた真ん中の七音。

類句
同じまたは似たような発想や表現の句。全く同じ句は「同句」という。

連歌
和歌を用いた文芸のひとつ。上の句（五七五）と下の句（七七）を複数人で交互につくり、ひとつの詩になるように競い合う。

笑い
川柳の三要素のひとつで、嬉しさやおかしさ、照れ臭さ、馬鹿にした気持ち、究極の哀しみといった自然なユーモア。「おかしみ」といわれることもある。

監修　杉山　昌善　すぎやま しょうぜん

川柳作家　脚本家

時実新子に師事、元・時実新子主宰「川柳大学」編集委員、現代川柳「かもめ舎」編集委員。

●メディア出演／NHK総合テレビ「こんにちは　いっと6けん」川柳じぶん流・レギュラー2007年～2012年、TBS「この差って何ですか?・俳句と川柳の差」2018年、テレビ東京「THE GIRLS LIVE・ドラマチック川柳」2018年、NHKラジオ第一放送「ラジオ井戸端会議・川柳を作ろう」2010年。

●選者／季刊・NHKためしてガッテン（主婦と生活社）「合点川柳」、月刊・家庭画報（世界文化社）「家族川柳」、季刊・ひととき「旅川柳」。

●脚本／NHK総合テレビ 人形歴史劇平家物語、テレビ朝日 はぐれ刑事純情派 ほか。

●著書／「60歳からの新しい川柳」実業之日本社、「時実新子川柳の学校」実業之日本社、「笑いの介護川柳」カルタ付き作品集　筒井書房、「Senryu」アメージング出版（英訳　ジョーゼフ・ヒックス　川柳　杉山昌善）。

●ホームページ／「杉山昌善オフィシャルサイト」で検索

協力　川瀬晶子　かわせあきこ

現代川柳「かもめ舎」主宰

スタッフ
デザイン　居山勝
カメラ　柳太
編集　株式会社ギグ
浅野博久
長谷川創介
大森由紀子

参考文献

『中高年の現代川柳入門　60歳からの新しい川柳』（実業之日本社）
『今日から始める現代川柳入門　ドラマチック川柳のすすめ』（実業之日本社）

協力・写真提供
現代川柳「かもめ舎」

川柳入門　表現のコツ50　新装改訂版
楽しくもっと上達できる

2023年12月25日　第1版・第1刷発行

監 修 者　杉山 昌善 (すぎやま しょうぜん)
発 行 者　株式会社メイツユニバーサルコンテンツ
　　　　　代表者　大羽　孝志
　　　　　〒102-0093東京都千代田区平河町一丁目1-8
印　　刷　株式会社厚徳社

◎『メイツ出版』は当社の商標です。

ご意見・ご感想はホームページから承っております
ウェブサイト　https://www.mates-publishing.co.jp/

企画担当:堀明研斗

※本書は2020年発行の『楽しく上達できる　川柳入門　表現のコツ50　新版』を元に、書名・装丁の変更、必要な情報の確認、一部内容の変更を行い「改訂版」として新たに発行したものです。